Chère Lectrice,

Mois de mars, mois placé tout à la fois sous le signe des Poissons et celui des Bélier, des navigations fantasques et des coups de tête non moins fantasques... Et ce mois-ci, les romans de votre collection favorite sont le reflet de ces contradictions parfois exquisément complémentaires ! Hésitez donc avec Julianne à devenir la *Vamp d'un soir* à Malibu (Rouge Passion 901), à tomber comme Emma sous le charme d'une *Séduction en Louisiane* (903), puis lancez-vous ! Entre-temps, adoptez le tempérament de feu de Darcy face à son ennemi *(Le hasard pour témoin*, 905), ou glissez-vous dans la personnalité trouble et fuyante de Melissa *(En cas de doutes...*, 902) dans un roman signé « suspense » dont l'héroïne pourrait — ou pas — être une redoutable manipulatrice. Après cela, retrouvez votre Homme du Mois, lui aussi en proie à un terrible (mais délicieux) dilemme (904). Et pour finir sur une note de pure émotion, ne manquez surtout pas de lire *Les roses de septembre* (906) : ce roman illustre magistralement la poignante puissance de l'amour et des sentiments vrais, quelles que soient les épreuves...

Bonne lecture !

La Responsable de collection

Séduction en Louisiane

Sylvie Giroux

JO LEIGH

Séduction en Louisiane

HARLEQUIN

COLLECTION ROUGE PASSION

Cet ouvrage a été publié en langue anglaise
sous le titre :
ONE WICKED NIGHT

Traduction française de
JULIETTE BOLÉRO

HARLEQUIN ®
est une marque déposée du Groupe Harlequin
et Rouge Passion ® est une marque déposée d'Harlequin S.A.

Toute représentation ou reproduction, par quelque procédé que ce soit, constitue-rait une contrefaçon sanctionnée par les articles 425 et suivants du Code pénal.
© 1998, Jolie Kramer. © 1999, Traduction française : Harlequin S.A.
83-85, boulevard Vincent-Auriol, 75013 Paris — Tél. : 01 42 16 63 63
ISBN 2-280-11668-5 — ISSN 0993-443X

1.

D'*elle*, Michael Craig vit d'abord sa jambe. Longue, mince. Un pied fin dans un escarpin noir à haut talon. Une jambe qu'il aurait remarquée de toute façon. Une jambe qui méritait la plus grande attention.

Et il attendit impatiemment que la jeune femme tout entière émerge de la limousine. Avec des jambes pareilles, elle devait être bien plus jolie et attirante que ne le laissait penser la photographie publiée dans le journal.

Il fit un pas vers la gauche pour mieux la voir, et il regarda Emma Roberts se pencher en avant, ses longs cheveux bruns déployés lui cachant le visage. Presque aussitôt, elle fut debout, et il aperçut son profil. Il était trop loin pour la voir en détail mais, d'ici, elle semblait plutôt séduisante. Peut-être pas autant que ses jambes l'auraient laissé prévoir, mais tout de même pas mal du tout.

Puis, elle lui fit face, et il révisa de nouveau son jugement.

Il connaissait son âge : vingt-huit ans. Eh bien, elle paraissait plus jeune. Ce tailleur noir semblait un peu incongru, sur elle, comme si elle avait joué à se déguiser avec les vêtements d'une femme adulte. Il jeta un coup d'œil au journal, qu'il tenait à la main. Sur la photo, les cheveux d'Emma étaient tirés en arrière et rassemblés en chignon. Il espéra qu'elle se coifferait ainsi ce soir.

Car ce qu'il devait faire serait beaucoup plus facile si elle n'avait pas cet air innocent.

Le groom s'approcha, et sortit les bagages du coffre. Pendant ce temps, elle se tint très droite, dans une attitude gracieuse, les pointes des pieds très légèrement écartées, ce qui prouvait qu'elle avait étudié la danse. Comme cette ballerine avec laquelle il était sorti, autrefois — une fille incroyablement souple.

Emma leva les yeux vers les vingt-six étages de l'hôtel. Puis, elle se tourna du côté de Michael, et il vit qu'elle souriait. Est-ce que l'architecture du bâtiment lui plaisait particulièrement ? Se réjouissait-elle de ces vacances tous frais payés ? Peut-être n'était-elle encore jamais venue à La Nouvelle-Orléans... Dans ce cas, il allait la lui faire découvrir. Et si lui-même n'avait pas le charme suffisant pour ce genre de boulot, la ville l'aurait. La Nouvelle-Orléans séduisait les cœurs les plus durs. Emma Roberts n'avait pas la moindre chance de lui résister.

Elle se dirigea vers la haute porte de verre, mais fit une pause avant de la franchir. Elle se retourna, regarda un instant la limousine, la rue et, finalement, elle entra dans le hall de l'hôtel.

Le premier réflexe de Michael fut de se cacher. Mais pourquoi diable ? Elle ne l'avait jamais vu, elle ignorait jusqu'à son existence. Non, elle ne risquait sûrement pas de le remarquer.

Pourtant, lorsqu'elle posa les yeux sur lui, elle le fixa. Oh ! rien que quelques secondes, mais il eut alors une étrange sensation au creux de l'estomac. Et il regretta de s'être montré. Il aurait dû attendre jusqu'à l'heure du dîner, et suivre son plan. Il eut vaguement l'impression d'éprouver un tout petit peu de culpabilité. Non, impossible. Il n'existait pas de place pour ce genre de sentiment en lui, surtout pas quand il travaillait.

*

Emma jeta un coup d'œil sur l'élégante salle à manger, et vit que toutes les tables étaient occupées par plusieurs personnes. Elle était l'unique femme à ne pas être accompagnée. Seule, comme d'habitude. Seule avec elle-même.

Ce devait pourtant être la soirée de sa vie. Elle avait gagné ce voyage à La Nouvelle-Orléans après avoir été élue Cadre de l'Année à la *Transco Oil*. Voyage depuis Houston et retour dans le jet de la compagnie, tous frais payés, et le dîner dans ce restaurant cinq étoiles.

Eh bien, elle faisait une drôle de Cendrillon. Plutôt minable. Elle attendait cette soirée depuis des semaines dans la plus grande excitation, et voilà que tout ce qu'elle éprouvait maintenant, c'était un terrible sentiment de solitude. Le prince charmant avait visiblement d'autres projets pour ce soir...

Elle porta une autre feuille de salade à ses lèvres, et la croqua en fixant la flamme de la bougie posée sur sa table. Ça valait mieux que d'observer les couples, autour d'elle, qui semblaient tous très amoureux, après tout.

Et là, en sentant qu'on lui donnait une petite tape sur l'épaule, elle sursauta. Puis, elle se souvint qu'elle avait demandé au serveur de faire venir le sommelier. Alors elle se retourna...

... Pour manquer avaler de travers. *Lui* ? Ce beau garçon qu'elle avait remarqué en arrivant, dans le hall de l'hôtel ? C'était lui qui l'abordait ?

Ou alors, c'était lui le sommelier, tout simplement.

Le « sommelier » avait d'épais cheveux noirs. Ses yeux brillaient, et son sourire révélait des dents parfaites.

— Mademoiselle Roberts ?

Comment pouvait-il connaître son nom ? Elle hocha la tête, espérant qu'il allait parler encore de cette voix de baryton si émouvante.

— De la *Transco Oil* ?

— Oui, dit-elle. Je voudrais du vin...

— Ah ! oui ?

Il fit un geste de la main, et aussitôt, un homme portant un tire-bouchon suspendu à une chaîne autour de son cou s'approcha.

— Puligny Montrachet, s'il vous plaît, Pierre.

Emma le fixa. Mais alors, si Pierre était le sommelier...

— Qui êtes-vous ? demanda-t-elle.

— Michael Craig. J'ai appris votre arrivée en lisant le *Chronicle*. Cadre de l'Année... Félicitations. Vous devez être contente.

— Vous m'avez reconnue d'après ma photo dans un journal de Houston ?

— Oui, bien sûr. Je n'oublie jamais un joli visage.

A l'évidence, ce beau garçon était un menteur.

— Merci, dit-elle tout de même.

Et elle espéra qu'il allait s'éloigner, et qu'il ne verrait pas qu'elle rougissait.

Au lieu de ça, il fit le tour de la table, et posa les mains sur le dossier de la chaise, devant elle.

— Je vois que vous avez déjà commandé, fit-il aimablement, mais si ce n'est pas trop présomptueux de ma part... Puis-je m'asseoir à votre table ?

— Eh bien...

— Merci.

Il s'assit, mais elle eut le temps de jeter un coup d'œil à son smoking. Elle n'avait jamais rien vu de pareil. Du moins pas sur une personne en chair et en os. Ce smoking lui allait à merveille, flattant ses larges épaules et ses hanches étroites.

— Je devais aller à l'opéra avec trois messieurs de l'Oklahoma, dit-il. L'un d'eux s'appelle Bubba Jorgenson. Vous vous rendez compte ?

Si, un moment plus tôt, Emma avait regretté l'absence du prince charmant, elle se demandait maintenant comment lui dire poliment qu'elle préférait dîner seule. Et soudain, elle changea d'avis. Après tout, passer une soirée de sa vie avec ce bel inconnu ne la tuerait pas.

— Bubba Jorgenson ? C'est un nom original, en effet.

Michael sourit. Et elle sentit son cœur battre plus vite. Beaucoup plus vite. Pourquoi n'avait-elle pas écouté ses assistantes quand elles lui conseillaient de se maquiller, d'aller chez le coiffeur, d'acheter une nouvelle toilette, avant de venir dans ce palace de Louisiane ? Maintenant, elle se trouvait avec Adonis en personne, et elle était aussi mal fagotée que possible. Oh ! tant pis. De toute façon, à côté de ce Michael, Cindy Crawford elle-même aurait certainement eu des complexes.

— Vous allez me raconter ce que vous avez fait pour devenir Cadre de l'Année, n'est-ce pas ? reprit-il. C'est un grand honneur.

Si elle ne l'avait examiné tandis qu'il disait cela, elle aurait pu croire, à sa voix, qu'il se moquait d'elle.

— Vous m'avez vraiment reconnue d'après cette affreuse photo ? demanda-t-elle.

— Oui, assura-t-il. L'article est dans mon attaché-case, dans ma chambre. Si vous voulez, je peux aller le chercher.

Elle secoua la tête.

— Non, je vous crois. Enfin... Non, pas tout à fait...

— Emma Roberts, directrice de recherches à la *Transco Oil* de Houston, a été élue Cadre de l'Année à l'assemblée générale...

Emma reconnut le titre de l'article, en effet.

— Philip Bailey, président-directeur général de la compagnie, poursuivit-il, a annoncé...

— Ça va, l'interrompit-elle en levant la main. Je suis convaincue.

— Parfait. Alors, vous voulez bien répondre à ma question ?

— Quelle question ?

— Vous l'avez déjà oubliée ? Je vous ai demandé ce que vous aviez fait pour être élue Cadre de l'Année.

— Oh ! cela n'a pas été si difficile que ça. Je travaille

tous les jours de la semaine sans en manquer un seul, depuis trois ans.

— Ça, c'est du dévouement...

Elle rit.

— Vous voulez dire, du désespoir.

— Ils ne vous paient pas bien à la *Transco* ?

— Oh! si, très bien. Mais je suis le seul soutien de ma mère et de ma sœur, qui est encore étudiante. Alors, je n'ai pas le choix.

Cessant de sourire, il fronça les sourcils.

— Désolé. Ce doit être très dur pour une femme aussi jeune que vous.

Elle haussa les épaules, et but une gorgée d'eau. Puis, posant le verre sur la table, elle réussit à sourire à son tour.

— C'est la vie. Tout le monde connaît ça. Peut-être pas Madonna, mais elle a certainement d'autres problèmes, non ?

Il rit. Et elle pensa de manière totalement incongrue que s'il lui demandait de faire l'amour avec lui, là, dans cinq minutes, elle accepterait sans hésiter — ou du moins, sans hésiter longtemps.

— Il me semble pourtant que votre vie est très différente de celle de la plupart des gens, reprit-il. D'après ce que j'ai lu, il faut être absolument unique pour effectuer votre travail.

— Eh bien, je dirige le département de la recherche à la *Transco*. Avec mon équipe, je coordonne l'exploration des ressources, les expéditions et les études de faisabilité à long terme.

Elle sentit ses épaules se détendre, maintenant qu'elle était en terrain familier.

— C'est très intéressant, conclut-elle.

— Ça vous plaît vraiment... ?

— Oui. Je travaille avec trois des meilleures chercheuses dans ce domaine. Chacune de nous est une spécialiste dans sa partie, et nous faisons du bon travail.

— La satisfaction du travail bien fait, dit-il en regardant au loin d'un air songeur. Vous connaissez ça, n'est-ce pas ?

— Vous êtes comme ça, vous aussi ?

Il la regarda de nouveau, de ses yeux noisette qui semblaient clairs par contraste avec sa peau bronzée. Il la scrutait d'un air très sérieux, maintenant.

— J'aime à le croire, répondit-il.

— Que faites-vous ?

— Je suis homme d'affaires. Mais nous ne sommes pas là pour parler de moi, n'est-ce pas ? C'est *votre* soirée.

A cet instant, le sommelier — l'authentique sommelier — s'approcha de la table. Il déboucha la bouteille qu'il apportait, versa un peu de vin dans le verre de Michael, attendit qu'il l'ait goûté et approuvé d'un léger signe de tête, et remplit leurs verres.

Michael leva le sien.

— A la plus jolie Cadre de l'Année, dit-il.

Emma l'imita.

Ils burent leur verre d'un trait, sans se quitter des yeux. Et avant que le vin ait atteint son estomac, Emma était perdue. Une image s'imposait à son esprit : celle de cet homme enlevant son smoking Armani. La promesse de ce qu'il cachait là-dessous lui donnait la fièvre, et affolait le rythme de son pouls.

— ... Je prends la même chose que mademoiselle, disait-il.

Elle remarqua alors que le sommelier avait disparu, et que le serveur s'était approché à son tour.

Et se tournant vers Emma, Michael Craig ajouta :

— Excusez-moi un instant, il faut que je passe un coup de téléphone.

Il se leva, et s'éloigna.

Dès qu'il eut disparu, Emma appela le maître d'hôtel d'un signe de la main.

— Oui, madame?

— Le monsieur qui est avec moi... Savez-vous qui c'est?

— M. Craig? Oui, bien sûr. Il vient souvent ici.

— Alors, ce n'est pas un fou?

Le maître d'hôtel rit, et Emma se détendit.

— Oh! non. C'est un très bon client, nous le connaissons bien. Vous n'avez aucune inquiétude à vous faire.

— Merci.

Il s'éloigna.

Presque aussitôt, Michael revint, et elle se sentit comme éblouie par son élégance. Tout étourdie. Que lui arrivait-il? C'était un homme comme un autre, voilà tout.

Il s'assit, déplia sa serviette, et la posa sur ses genoux.

— Parlez-moi de vos recherches, dit-il. Il s'agit de géologie, n'est-ce pas?

— C'est ma spécialité. Je recherche les méthodes d'extraction qui préservent au maximum l'environnement.

— Il est de notoriété publique que la *Transco* ne fait pas ça très bien, en effet.

— Oh!

— Absolument. C'est une compagnie qui fait des ravages sur la planète. Il est vrai que ça coûte des sommes énormes.

— Mais ça en vaut la peine, non?

— Bien sûr. Jusqu'à un certain point.

— Jusqu'à... quel point?

— Jusqu'à ce qu'ils ne fassent plus de bénéfices.

— Il arrive qu'on ne vise pas seulement le profit.

— Aucune compagnie ne peut se permettre de ne pas y penser. Et aucune ne peut gagner de l'argent sans saccager la terre.

— Mais nous nous en soucions, au contraire.

— Comment une femme aussi intelligente que vous peut-elle encore croire que l'on peut concilier le souci de l'environnement et la réussite?

14

— Mais alors, vous... Vous ne vous souciez de rien ?

— Une seule chose m'intéresse...

Il sourit.

— Le profit, acheva-t-il.

— Au moins, vous êtes franc.

— Je suis un homme réaliste, Emma. Je sais que, sans argent, les meilleures intentions restent... des intentions.

— Un homme réaliste dans un smoking Armani ? J'en doute.

— Jolie et observatrice, dit-il. Parfait.

— Et alors ?

— Je constate, c'est tout.

— Et en attendant, vous êtes superbe.

— Vous trouvez ?

— Non, pas moi. Vous.

— Touché. Mais je suis quand même un peu déçu. Je croyais que ce costume me ferait gagner des points.

— Ne vous inquiétez pas. Je vous trouve très bien. Et je suis sincère.

— Dans ce cas, passez la nuit avec moi.

Stupéfaite, elle ouvrit la bouche... et ne trouva rien à dire.

Il rit.

— Non, je voulais dire : la soirée. Nous ferons un tour à Jackson Square. Et peut-être une balade en calèche ?

Se penchant en avant, il posa une main sur celle d'Emma. Et, soudain, il suffit qu'elle baisse les yeux sur cette large main masculine pour se sentir soudain féminine et aimée. Une sensation à laquelle elle n'était pas habituée.

— Dites oui, Emma, je vous en prie. La Nouvelle-Orléans la nuit, c'est magnifique.

Le serveur arriva, et Michael lâcha la main d'Emma.

Mais elle n'avait plus faim. L'escalope à la sauce au vin ne lui disait plus rien du tout. Elle désirait seulement que Michael la touche de nouveau. Rien qu'une fois.

Comment avait-elle pu vivre aussi longtemps sans se sentir ainsi ? Et pourtant, cet homme était un inconnu.

— Je ne pense pas pouvoir accepter, répondit-elle. Mais je vous remercie.

— Vous êtes inquiète, c'est ça ? Oh ! je reconnais que vous n'avez pas tort d'être prudente.

— Je sais.

— Comment vous convaincre que je ne suis pas dangereux ?

— Vous ? Pas dangereux ? Je vous jure que vous n'avez aucun moyen de m'en convaincre.

De nouveau, il sourit.

— J'ai des références, assura-t-il.

— Quel genre de références ?

— Le directeur de l'hôtel, d'abord.

Elle secoua la tête.

— A moins que ce ne soit une femme, ça ne me suffit pas.

— Ah... Vous croyez que je cherche à vous séduire, c'est ça ?

Emma se sentit rougir, et elle détourna les yeux. A quoi donc pensait-elle ? Un homme comme celui-là ne pouvait pas la désirer. C'était absolument impossible.

— Depuis que vous êtes là, vous êtes très correct, admit-elle doucement.

Et rassemblant son courage, elle le regarda.

Il rit, puis demanda :

— On dirait que cela vous étonne ? Pourquoi ?

— Parce que vous êtes vous, et parce que je suis moi.

Il lui lança alors un regard qu'elle avait déjà vu à des hommes, et même à des femmes, des centaines de fois. En fait, il semblait perplexe, tout à coup. Il ne savait visiblement plus quoi faire. Il la trouvait... étrange. Tout ça, parce qu'elle ne réfléchissait jamais avant de parler ! Son habitude de dire la vérité avait déjà fait fuir bien des gens, et pas mal d'hommes qui lui plaisaient. Et voilà que, maintenant, elle était en train de décourager ce magnifique spécimen de l'espèce masculine...

— Sommes-nous vraiment si différents, vous et moi, Emma?

Elle sourit.

— Oui.

— Pourquoi? Nous sommes tous deux dans les affaires. Tous deux citadins. Intelligents, célibataires. Et nous aimons tous deux les escalopes.

— Ah! oui, j'oubliais les escalopes. Vous avez raison. Nous sommes pratiquement jumeaux.

— Et nous apprécions votre sens de l'humour sarcastique, dit-il en souriant.

— Désolée. Je ne voulais pas...

— Ne vous excusez pas. Ça me plaît.

— Vous aimez les remarques un peu acides?

— Je préfère ça à une indifférence polie.

— Les remarques vous amusent?

— Le plus souvent, je ne les comprends que le lendemain.

— Ça tombe bien. Je suis ici pour le week-end.

Emma prit son verre, et elle s'efforça de calmer le tremblement de ses mains pour le porter à ses lèvres. Que faisait-elle ici? Tout ce qu'elle savait sur les hommes comme Michael Craig, c'est qu'ils ne sortaient pas avec des femmes comme Emma Roberts. Ils s'intéressaient à des reines de beauté et à des mannequins de mode. Jamais à des environnementalistes.

Soudain, les lumières baissèrent. Elle but trop vite, et toussa mais, grâce à Dieu, elle put éviter de renverser le verre sur la table. Et brusquement, elle pensa à ses assistantes. « Mais oui, ce sont les filles qui ont tout manigancé, se dit-elle. Ça ne peut être qu'elles. Ce Michael Craig est payé pour m'escorter. Une espèce de prince charmant professionnel, un garde du corps, en somme... »

Un escort-boy. Bien sûr. Tout s'expliquait, maintenant.

Les filles avaient dû demander à la direction de l'hôtel de coopérer. Pas étonnant qu'elles aient insisté pour qu'Emma se maquille, se coiffe et tout le tremblement. Engager un cavalier pour lui tenir compagnie... Quelle idée saugrenue ! Mais Emma allait leur dire sa façon de penser, lundi matin.

Et elle vit alors Michael Craig tout autrement. De façon plus critique. Il devait se faire payer très cher ses prestations, celui-là ! Richard Gere lui-même n'aurait pas tenu le rôle de manière plus convaincante ! Ça, on pouvait dire qu'il était éblouissant, absolument parfait ! Il savait même parler travail comme s'il était réellement dans les affaires... Emma devait reconnaître que ses assistantes avaient engagé le meilleur d'entre les meilleurs.

Mais maintenant, elle ne savait plus très bien quoi faire, ni comment réagir. Devait-elle se sentir offensée, voire insultée ? ou reconnaissante ?

— Je donnerais cher pour savoir ce qui se passe dans votre jolie tête, dit-il gentiment.

Fallait-il lui dire qu'elle avait tout deviné ?

Il se pencha légèrement en avant, et la dévisagea un moment. Que pensait-il d'elle ? Impossible de le savoir en observant son visage. Il demeurait impassible, tout à fait indéchiffrable. Il faisait son métier avec un sang-froid remarquable.

— Je crois que je suis allé trop loin et trop vite, dit-il. Cela vous a mise mal à l'aise.

Elle secoua la tête.

— Non, ça va. Vous faites simplement votre travail.

— Mon travail ?

Soudain, Emma décida de ne pas continuer sur cette voie. Au fond, elle préférait être Cendrillon. Rien que pour ce soir — le soir du bal. Et décidément, Michael faisait un prince charmant idéal.

Ses amies avaient dû le choisir avec le plus grand soin. Elle était en sécurité. Mais était-il bien prudent de jouer les princesses pendant tout un week-end ?

— Que voulez-vous dire, Emma ?

— Je voulais être drôle, mais c'est raté.

— Je ne comprends pas...

— Ce n'est rien. Oubliez ça.

— Je ne m'attendais pas à une femme comme vous, avoua-t-il après un silence.

« Qu'est-ce que les filles ont bien pu lui raconter à mon sujet ? » se demanda-t-elle alors. Elles avaient dû lui vanter ses talents de géologue et de chercheuse ! Et lui préciser aussi qu'elle n'était pas sortie avec un homme depuis des siècles !

— Je peux savoir à quoi vous vous attendiez ?

— A quelqu'un d'un peu plus sérieux, d'un peu plus calme.

— Une scientifique avec de grosses lunettes ?

Il rit.

— Non. Mais pas à quelqu'un... comme vous.

— Moi, moi... Vous ne savez rien de *moi*, monsieur Craig.

— Vous vous trompez, Emma. J'ai appris beaucoup de choses sur vous.

— Ah ! oui ?

De nouveau, il posa la main sur la sienne. A ce contact, elle sentit sa gorge se serrer, et elle croisa nerveusement les jambes.

— Vous êtes brillante, dit-il. Très intelligente. Mieux : on ne peut rien vous cacher. Vous pensez que je veux quelque chose ? Vous avez raison. Je veux votre compagnie. Vous faire visiter La Nouvelle-Orléans, et voir la ville par vos yeux. Je veux vos remarques pleines d'humour plutôt acidulé. Et votre rire aussi. Venez avec moi, Emma. Soyez à moi, rien que cette nuit.

C'était maintenant ou jamais. Elle pouvait mettre un terme à cette plaisanterie, lui dire qu'elle savait qu'il avait été engagé pour la séduire. Ou bien, elle pouvait se laisser séduire. Il lui aurait fallu un peu de temps pour y réfléchir, mais il fallait se décider sans attendre. Il attendait visiblement une réponse. Tout de suite.

— D'accord, dit-elle.

— C'est vrai ?

Elle hocha la tête.

C'était sa nuit. Alors, pourquoi pas un prince... ? Même engagé pour le rôle ? Du moment qu'il le jouait à la perfection... Cette nuit, elle serait Cendrillon. Et demain, elle retrouverait sa vraie vie. Oui, demain, et après-demain, et le jour suivant, et ainsi de suite à n'en plus finir.

Michael se sentait incroyablement content de lui. Tout
marchait beaucoup mieux que prévu. Evidemment,
Emma ne représentait pas vraiment son idéal féminin,
mais elle était tout de même très jolie.

Elle ne se doutait apparemment de rien. A un moment,
il avait craint qu'elle ne le repousse. A l'évidence, elle
n'était pas habituée à être l'objet de ce genre d'attention.
Elle se montrait sceptique, et ce serait probablement le
principal obstacle qu'il aurait à franchir. Oui, décidément,
lui faire accepter et croire qu'elle était la femme la plus
désirable de La Nouvelle-Orléans ne serait sûrement pas
facile. Mais par chance, il n'aurait pas trop à se forcer.
Car elle était *réellement* désirable.

Il la regarda boire une gorgée de vin. Et il eut une
brusque envie de la toucher. En lui caressant les mains, il
avait déjà découvert l'incroyable douceur de sa peau. Il
devait cependant être prudent.

C'est qu'il n'était pas là pour s'amuser...

Il avait même un objectif précis.

Celui d'obtenir des renseignements sur la *Transco Oil*.

Les derniers détails qui lui permettraient de prendre le
contrôle de la compagnie.

« Si tu t'y prends bien, tu auras tout ce qu'il faut à la
fin de cette soirée. » Emma en serait certainement désolée
— mais il faudrait bien qu'elle finisse par se faire une rai-

son —, et lui-même sortirait de ce petit jeu stratégique beaucoup, beaucoup plus riche.

— C'est mon premier voyage à La Nouvelle-Orléans, dit-elle. Vous n'allez pas le croire, mais j'ai vécu toute ma vie à Houston, et je ne suis jamais venue jusqu'ici.

— Je vais vous montrer la ville.

— Vous êtes d'ici ?

Il secoua la tête.

— Non, j'habite Houston, mais je connais La Nouvelle-Orléans depuis longtemps.

— Vous êtes un homme d'affaires important ?

— En tout cas, je ne remets jamais rien au lendemain.

Emma découpa un petit morceau d'escalope dans son assiette.

— Et vous obtenez tout ce que vous voulez ?

Il sourit.

— Oui.

— Toujours ?

— Souvent. Pas toujours.

Elle posa sa fourchette, et effleura son verre du bout des doigts. Il vit le mouvement de sa main, et remarqua la finesse du poignet.

— Et quand vous échouez, vous vous obstinez ?

— Jamais. En cas d'échec, j'abandonne. Sans regret.

— Alors, nous nous ressemblons davantage que je ne l'imaginais.

— Comment ça ?

— Moi aussi, je renonce à ce que je ne peux pas obtenir. Mais j'ai parfois des regrets. Je vous envie de ne pas en avoir.

— Il ne faut pas. Ça ne sert à rien.

Il regarda la main d'Emma, et ne put s'empêcher de la toucher. Il la prit doucement, en caressa la paume du pouce.

— Pourquoi ne pas avoir de regrets ? demanda-t-elle. Parce que ça fait souffrir ?

— Oui, c'est vrai. C'est le côté humain de l'échec.

Elle baissa les yeux vers leurs deux mains, sur la nappe blanche. Il continuait à la caresser de son pouce.

— Vous me surprenez, reprit-elle. Je croyais avoir compris qui...

— Vous savez exactement qui je suis, mademoiselle Roberts, l'interrompit-il en lui lâchant la main pour appeler le serveur d'un geste.

— Un dessert ? fit celui-ci en s'approchant aussitôt.

Michael regarda Emma, qui refusa en secouant la tête.

— Alors, l'addition.

— Tout est déjà réglé, monsieur.

— On y va ? demanda Michael à Emma.

Elle hocha la tête.

Il laissa un généreux pourboire sur la table, et s'approcha d'Emma pour lui tenir le dossier de sa chaise. Lorsqu'elle se leva, elle l'effleura de ses cheveux. Elle devait mesurer un mètre soixante-cinq. Pas plus. De nouveau, il fut surpris par la délicatesse de son corps. Elle portait une robe bleu pastel qui moulait sa fine silhouette lorsqu'elle marchait.

Quant à ses cheveux, elle les avait laissés libres sur les épaules, ce qui la rendait encore plus gracieuse. Voyant comme ils encadraient les traits réguliers de son visage, lui donnant une douceur particulière, Michael eut une petite bouffée d'émotion, comme dans l'après-midi. Ah ! non, il ne fallait pas. Il ne devait penser qu'à ses affaires. A ses bénéfices. Là, voilà. Il se reprenait. Tout allait bien.

Il lui posa la main sur la taille, et il la sentit frissonner. Mais il se félicita de ne plus rien éprouver d'anormal. Il se maîtrisait. Emma Roberts avait beau être charmante, et même ravissante à sa façon, ce n'était pas le problème. Les affaires passaient avant tout.

**

Dehors, l'air était doux et chargé de l'odeur de la mer. Emma le sentit sur son visage, ses bras et ses jambes, mais elle était surtout incroyablement consciente de la main de Michael sur sa taille. Une main large, chaude. Elle aurait préféré qu'il ne la touche pas. Et cependant, elle était portée, presque malgré elle, par un terrifiant désir d'aventure.

Elle le suivit vers le fleuve. Beaucoup de gens étaient sortis par une aussi belle nuit. Surtout des couples, qui se tenaient par la main, la taille ou les épaules. Quelqu'un jouait du saxo quelque part, au loin.

Emma se demandait si Michael Craig la touchait parce qu'il jouait consciencieusement le rôle pour lequel il avait été engagé. Au fond, elle aurait préféré qu'il le fasse parce qu'il en avait envie. Peut-être était-il vraiment un homme d'affaires qui avait vu sa photo dans le journal ? Pourquoi pas ? Et dans ce cas, pourquoi ne pas s'offrir une soirée, rien qu'une, avec un prince charmant envoyé par le destin ?

Il s'arrêta. Elle aussi. Et de sa main libre, il désigna l'endroit où le Mississippi se jetait dans le golfe du Mexique, et un bateau de croisière illuminé. Sur les eaux sombres, on aurait dit un bateau fantôme venu de nulle part, et sa beauté d'un autre monde émut la jeune femme presque aux larmes. Ah ! non, elle n'allait tout de même pas se mettre à pleurer.

— Vous avez déjà fait une croisière ? demanda Michael.

— Non, jamais.

— Vous devriez. C'est merveilleux de naviguer en pleine mer.

— Où êtes-vous allé ?

— A la Barbade.

— J'en rêvais quand j'étais petite. Pour moi, c'était un lieu magique.

Il rit. D'un rire sans humour. Emma y perçut plutôt de la dérision, du cynisme. Pourquoi ?

— Quand j'étais enfant, je ne savais même pas qu'il existait une île appelée La Barbade, dit-il. Et encore moins qu'il pouvait exister des endroits magiques.

— D'où êtes-vous?

— De Californie. Des quartiers Est de Los Angeles.

— Je n'y suis jamais allée non plus. Mais ça me plairait.

— Oh non. Les quartiers Est de Los Angeles ne vous plairaient pas, je peux vous l'affirmer.

— Pourquoi?

— C'est un ghetto. Un *barrio* pour être précis. Tout ce que je vous souhaite, c'est de ne jamais y mettre les pieds.

Ils firent encore quelques pas, jusqu'à une haute barrière de métal qui séparait le trottoir du rivage. Là, Michael lâcha Emma. Il se pencha en avant, les coudes sur la barrière. Elle fit de même.

— Parlez-moi du temps où vous viviez dans ce *barrio*, proposa-t-elle.

Silencieux, il fixa un long moment le bateau de croisière qui tanguait doucement sur les vagues. Finalement, il se tourna vers Emma.

— Ce n'est pas très intéressant, vous savez, dit-il. Une famille désunie. Des amis voyous, et puis, gangsters. Des écoles misérables.

— Vous avez fait du chemin, depuis. Il suffit de vous regarder.

— Oui. J'ai tout fait pour oublier mon enfance.

Au loin, le saxo joua un peu plus fort un instant.

Michael toussota, et regarda autour d'eux, comme s'il vérifiait qu'il n'y avait pas de témoin à ces moments de confidences.

— Les calèches sont tout près, dit-il enfin. Venez.

Sans la toucher, cette fois, il entraîna Emma vers un petit square entouré de vieux bâtiments de style espagnol. Là, plusieurs calèches tirées par des chevaux attendaient.

Le square était plein de monde. Emma remarqua que la plupart des femmes regardaient Michael avec une certaine insistance. Rien de plus normal. Il était extraordinairement beau. Grand, très droit, avec une confiance en lui presque palpable. Se pouvait-il qu'un homme comme lui soit garde du corps, accompagnateur ou guide, pour gagner sa vie ? Soudain, cela semblait impossible à Emma.

— Prenons celle-ci. Le cheval est beau, n'est-ce pas ?

Il désignait de la main une jument brune à crins noirs, attelée à une voiture de bois noir et luisant. Sur le siège du conducteur, un vieil homme aux cheveux blancs tenait les rênes. Un équipage qui semblait tout droit sorti d'un conte de fées.

— Merveilleux, murmura-t-elle.

Ils s'approchèrent, et le vieil homme leur fit un grand sourire.

— Montez, dit-il. C'est quinze dollars la demi-heure.

Michael tendit la main à Emma, et l'aida à grimper dans la calèche. Elle s'assit sur le petit banc de cuir sombre, étonnée par l'exiguïté de l'espace. Elle serait forcément serrée contre Michael. Mon Dieu !...

Au lieu de la suivre, il se dirigea vers le conducteur, prit un billet dans sa poche, et le lui tendit. Ils échangèrent quelques mots, qu'elle ne put entendre. Le vieil homme hocha la tête, sourit de nouveau et, enfin, Michael grimpa à côté d'elle.

Et elle se retrouva plaquée contre lui, des épaules aux genoux.

Avant qu'elle ait le temps de s'habituer à cette intimité, la calèche fit un bond, et Michael retint Emma d'un bras sur sa poitrine. Un bras protecteur, qu'il laissa à la même place tandis que le cheval commençait à avancer lentement.

Emma se souvint qu'Alex Trent, son petit ami attitré au lycée, faisait de même autrefois, dans la Chrysler de son père, pour la protéger des coups de frein trop brusques et des cahots. Et ce soir, elle se surprit à avoir envie que le petit cheval bai se mette à galoper, et s'arrête brusquement, sans prévenir.

Michael la regardait, apparemment surpris, lui-même décontenancé par son propre geste.

Elle sourit.

— Pas trop secoué?

Alors, il rit. Il eut un grand rire spontané. Séduisant en diable.

— Ça me plaît, avoua-t-il.

Emma se sentit rougir légèrement, et elle dut faire un effort surhumain pour dissimuler son émotion.

— Nous allons à Jackson Square? demanda-t-elle.

— Pas ce soir.

— Vous m'enlevez?

— Une heure ou deux, rassurez-vous.

— Devrais-je avoir peur?

— Seulement des arrêts trop brusques.

Elle rit à son tour. Elle se sentait étonnamment bien maintenant, aussi près de cet homme, presque dans ses bras. Il faisait doux, le parfum du jasmin embaumait la nuit. Emma décida de ne plus s'interroger sur les raisons de la présence de Michael Craig auprès d'elle. Après tout, il lui suffisait qu'il soit là.

Ils firent un long trajet. Elle regardait les vieux immeubles, sachant qu'elle aurait dû s'émerveiller de la beauté de cette ville, mais elle ne pouvait penser qu'à Michael. Demain, elle retrouverait forcément sa vie, son travail, sa maison, ses problèmes. Mais en ce moment, elle était Cendrillon. Elle vivait la nuit de sa vie.

Michael la contemplait. Elle souriait. Elle semblait heureuse. L'ennui, c'est que lui aussi, il se sentait curieusement bien. Heureux. Le cœur étrangement léger. Pourquoi ne lui avait-il pas encore posé davantage de questions sur la *Transco*? Elle parlait de la compagnie sans la moindre réticence. Alors, qu'est-ce qu'il attendait?

Eh bien, il lui arrivait quelque chose, il ne savait pas très bien quoi. Mais ce qui comptait le plus, maintenant, c'est qu'Emma ait cet air-là, cet air heureux. Qu'elle passe une nuit, non pas agréable, mais unique, inoubliable. Il voulait l'épater, l'émerveiller. Lui montrer ce qu'elle n'avait encore jamais vu.

Cette femme possédait quelque chose de différent. Il était sorti avec des mannequins, des actrices, des beautés célèbres, avec lesquelles Emma ne pouvait en aucun cas rivaliser. Pas plus qu'avec les femmes d'affaires qu'il fréquentait, élégantes et pleines d'assurance. Alors, qu'est-ce qui l'attirait en Emma? Peut-être son sourire. Ou la douceur de sa voix. Ou bien ses yeux verts, son regard limpide qui semblait ne dissimuler aucun secret...

Quoi qu'il en soit, il ne devait plus y penser. Il n'aurait pas de meilleure occasion d'obtenir les renseignements dont il avait besoin. Et avant la fin de cette soirée, il fallait absolument qu'elle ait répondu à toutes ses questions.

De nouveau, il la regarda, et s'apprêta à remettre le sujet de la *Transco* sur le tapis. Mais elle avait cueilli une feuille d'arbre au passage, et s'en caressait la joue. Et Michael en oublia toutes ses questions. Elle ferma les yeux, et respira la feuille, avec son sourire de Mona Lisa.

Michael devint soudain intensément conscient de son propre corps — plus précisément en dessous de la ceinture. Peut-être ne rentrerait-il pas chez lui, à Houston, dès demain matin, en fin de compte? Pourquoi ne pas rester ici un jour de plus?

Ils pénétraient dans un quartier industriel, les rues étaient désertes. Ici, dans un énorme entrepôt, un trésor était caché. Michael aurait déjà voulu y être arrivé, se lever, descendre de cette calèche. Etre aussi près d'Emma le troublait.

— Où sommes-nous? demanda-t-elle.

— Attendez, vous allez voir.

— Quoi?

— C'est une surprise.

Enfin, elle vit l'entrepôt. Eclairé comme il l'avait demandé au téléphone. Avec un gardien debout devant la porte.

Le cheval s'arrêta.

— Monsieur Craig? fit le gardien.

Et sans attendre la réponse de Michael, il se tourna vers la porte, et l'ouvrit.

Michael sauta à terre, tendit la main à Emma pour qu'elle en fasse autant. Puis, il la guida jusqu'à l'entrée et, lui posant une main dans le dos, il la poussa légèrement à l'intérieur.

Emma eut aussitôt une exclamation étouffée.

— Mon Dieu! Qu'est-ce que c'est que tout ça?

Il la regarda avec un petit sourire triomphant.

— Les chars du carnaval. On les remise ici entre chaque parade.

Il ne pouvait pas la quitter des yeux, tandis qu'avec un air de petite fille émerveillée, elle s'engageait entre les énormes constructions de papier mâché. Elle caressa de la main les raisins du char de Bacchus, et la proue sculptée d'un bateau de pirates. Elle paraissait minuscule à côté de ces chars gigantesques.

Tout se passait comme il l'avait espéré. Et il se sentait dans la peau du Père Noël par un matin de 25 décembre.

— C'est incroyable, dit-elle. Stupéfiant... Comment avez-vous fait pour que nous puissions entrer?

— L'homme qui s'en occupe est un vieux copain. Je lui ai passé un coup de fil depuis l'hôtel, juste avant de m'asseoir à votre table.

— Vous avez prévu de venir ici dans la salle du restaurant? fit-elle en le fixant avec stupeur.

Il hocha la tête.

— Mais vous ne me connaissiez pas.

— Bien sûr que si. Vous avez été élue Cadre de l'Année. C'est une soirée très particulière pour vous.

Elle contempla les chars encore un moment. Puis, elle se tourna vers lui, s'approcha et, se hissant sur la pointe des pieds, l'embrassa sur la joue.

— Merci.

— Non, c'est moi qui vous remercie.

— Pourquoi ?

— Oh ! je ne sais pas très bien...

Il vit les joues d'Emma devenir roses, et il eut soudain une folle envie de l'embrasser. Pas sur la joue, comme elle venait de le faire. Mais un vrai baiser. Le record du monde du baiser le plus long. Le plus fou. Ce serait merveilleux, inouï.

Oui.

Et probablement cher payé aussi. Une grave erreur.

Emma songeait que, désormais, rien dans sa vie ne serait plus jamais pareil. Elle sentait son cœur cogner, se demandant, avec un peu d'effroi, si Michael en entendait les battements. Elle toucha le pied d'un Cupidon, sa flèche pointée vers le ciel. Ce soir, elle croyait en l'Amour avec un grand A. Elle se sentait comme Alice au Pays des Merveilles ! Avec Michael pour guide.

— Pourquoi m'avez-vous amenée ici ? demanda-t-elle.

— Ça ne vous plaît pas ?

— Oh, si ! C'est fabuleux. Je n'ai jamais rien vu d'aussi extraordinaire.

— Eh bien, c'est pour ça que j'ai voulu vous le montrer.

Elle s'approcha de lui, le dévisagea, cherchant sur ses traits la réponse qu'il ne lui donnait pas. Puis, levant la main, elle lui toucha la bouche du bout des doigts, s'attendant que son sourire disparaisse subitement, comme tout ce rêve. Mais non, il était bien de chair et de sang. Un homme bien vivant, et elle était éveillée, et soudain effrayée à l'idée qu'il était un homme d'affaires comme il l'avait assuré.

Il lui prit la main, lui embrassa la paume. Une seule fois, mais elle sentit la douceur de ses lèvres, la chaleur de son souffle. Puis, lui lâchant la main, il se pencha vers elle, et elle sut qu'il allait l'embrasser. Mon Dieu, de toute sa vie, elle n'avait jamais rien désiré autant que ce baiser... Alors elle ferma les yeux.

Et il ne l'embrassa pas.

Pire, il s'écarta brusquement.

— Excusez-moi, dit-il. Je ne voulais pas...

— Ce n'est rien, balbutia-t-elle.

— Nous nous connaissons à peine...

— Ne vous inquiétez pas pour ça. C'est une soirée particulière, non ? D'ailleurs, avec Bacchus comme chaperon...

— Oui, mais je crois que, lui aussi, nous conseillerait de ne pas nous précipiter. D'aller plus lentement.

Les joues rouges, elle se détourna, ne sachant plus quoi faire, ni quoi dire.

Elle était déjà sortie avec des hommes, évidemment, mais avec aucun d'eux elle ne s'était sentie aussi embarrassée, aussi maladroite. Ou plutôt, aussi anéantie.

— Hé ! fit-il en lui prenant de nouveau la main.

Il attendit qu'elle le regarde pour ajouter :

— Plus lentement, c'est tout.

Elle aurait dû retirer sa main, et lui demander de la ramener tout de suite. Le remercier pour cette soirée, avant de le quitter dans le hall de l'hôtel. D'un autre côté, si elle agissait ainsi — prudemment —, il y avait de fortes chances pour qu'il ne l'embrasse jamais.

Oui, mais s'il l'embrassait, elle risquait de tomber de haut — une chute qui pouvait aussi lui briser le cœur.

Tout bien réfléchi, la sagesse exigeait une fuite rapide.

La sagesse ? Pour quoi faire ?

Pour préserver un travail stable, la sécurité financière de sa famille, et une longue suite de nuits solitaires ?

Bel enjeu, tiens...

Pourquoi ne pas renoncer à toute prudence, une fois seulement ?

Rien qu'une fois...

Rien que ce soir.

Cette nuit.

3.

Michael désirait follement serrer Emma dans ses bras. L'embrasser. Elle le voulait aussi, il avait vu sa déception dans ses yeux, quand il s'était écarté. Mais était-ce sage? S'il le faisait, obtiendrait-il tout aussi bien ce qu'il cherchait?

Il réfléchit. Puis conclut : probablement.

Alors, pourquoi hésitait-il?

A cause du regard d'Emma, songea-t-il.

Un regard innocent, plein d'espoir et de sensualité. Et m...! D'accord, il avait su dès le début qu'il ferait du mal à cette femme. Mais sans se douter que cela l'ennuierait lui-même autant.

D'habitude, il se moquait pas mal de ce que pouvaient ressentir les autres! D'ailleurs, ça l'avait amusé que sa dernière petite amie le traite de cœur de pierre, de bel indifférent et de séducteur impitoyable...

Alors, pourquoi ces scrupules, tout à coup?

Il n'avait qu'un geste à faire pour qu'Emma lui tombe dans les bras, et il ne fallait pas être un grand devin pour voir qu'elle serait une amante merveilleuse, qu'il prendrait beaucoup de plaisir avec elle...

— A quoi pensez-vous? demanda-t-elle.

A cette question, Michael se rendit compte qu'il la fixait depuis un bon moment.

— Je pense que vous êtes très belle, répondit-il, fortement alarmé, parce que c'était vrai.

— Oh! non. Mais je vous remercie quand même.

— Vous ne vous trouvez pas jolie?

Elle libéra la main qu'il tenait toujours dans la sienne.

— Si nous parlions d'autre chose? suggéra-t-elle.

Les yeux baissés, elle s'éloigna, se dirigea vers le fond de l'entrepôt.

Michael fronça les sourcils. Il avait l'habitude des femmes sûres de leur beauté, et qui s'en servaient pour obtenir ce qu'elles voulaient. Emma n'en faisait apparemment pas partie, ce qui ne l'empêchait pas d'être très séduisante. Bizarre qu'elle ne le sache pas.

Il la suivit.

Elle marchait en se tenant très droite. « Tout à fait comme une danseuse, songea-t-il encore une fois. Je voudrais bien la voir danser... Quelle grâce... Elle a une âme, une poésie... »

Une âme? de la poésie? Voilà qu'il devenait lyrique malgré lui. Ridicule. Il avait quelques questions bien précises à lui poser, voilà tout! Et en voyant sa photo dans le journal, il avait imaginé le meilleur moyen de les lui poser, et mis son plan sur pied. Sans vraiment prévoir de coucher avec elle, mais en sachant qu'il n'hésiterait pas à le faire s'il le fallait. Après tout, il était un séducteur impitoyable, non? Pourquoi hésiter? Et pourquoi se soucier de l'âme d'Emma? de son cœur ou de sa poésie...

A cet instant, elle se retourna, et il vit de la tristesse lui assombrir le visage. Elle était très pâle, maintenant.

Il s'approcha d'elle, la rejoignit sous la proue du bateau de pirates.

— Il vaut mieux que nous partions, dit-elle tout bas.

— Vous n'avez pas encore tout vu.

— Tant pis. Il est tard.

— Il est tard dans le monde réel, Emma. Mais ici, il est tôt.

Elle leva les yeux vers lui.

— Oublions le monde réel, ajouta-t-il. Et suivez-moi dans celui-ci.

Emma le dévisagea sans répondre. Le front, les yeux, le nez, la bouche... Il n'était pas habitué à ce qu'on l'examine de cette façon. D'ordinaire, il intimidait la plupart des gens, qui osaient à peine le regarder en face.

— Vous n'êtes pas chargé de m'escorter, n'est-ce pas ?

— Comment ?

— Mes amies ne vous ont pas engagé pour m'accompagner ?

— Désolé, mais je ne sais pas du tout de quoi vous parlez.

Elle hocha la tête.

— Vous êtes beaucoup trop bel homme. Et surtout, trop sûr de vous.

— Que voulez-vous dire ? Aurais-je commis un impair ? fait une gaffe ?

Emma sourit.

— Non, c'est moi qui me suis trompée.

— Ça ne vous ennuierait pas de vous expliquer un peu mieux ?

Elle secoua la tête. Et se hissant sur la pointe des pieds, elle l'embrassa. Sur la bouche. Un baiser très doux, très léger.

— Mais pourquoi...

— Pour m'avoir dit que j'étais belle.

Et elle l'embrassa de nouveau. Un peu plus fort.

— Et celui-ci ? murmura-t-il.

— Pour m'avoir amenée ici.

Cette fois, les lèvres d'Emma s'attardèrent sur celles de Michael.

— Celui-là pour avoir dîné avec moi.

— Je...

Elle ne le laissa pas parler. Les yeux fermés, elle l'embrassa encore, lui transmettant maintenant un message très différent, qu'il comprit immédiatement.

L'entourant de ses bras, il l'attira contre lui. Au contact

de ce corps féminin, il eut un élan de désir. Il entrouvrit les lèvres sans rencontrer de résistance. Elle était douce, et chaude, elle l'explorait de la langue. Il sentit qu'elle lui passait les bras autour du cou, qu'elle se détendait, que sa bouche devenait impatiente. Et soudain, elle s'écarta. Il tenta de la retenir, mais elle lui posa les mains sur le torse, le repoussant doucement. Il la lâcha.

— Pourquoi celui-ci? demanda-t-il, surpris par sa propre voix basse et bourrue.

— Parce que j'en avais envie, répondit-elle. Maintenant, nous ferions mieux de revenir à l'hôtel.

— Vous en êtes sûre?

— Absolument.

— Puis-je savoir pourquoi?

Elle eut un petit sourire.

— Non.

— Je peux essayer de le deviner...

— Si vous voulez.

— Je crois que vous avez peur, Emma. Peur que je ne sois pas un prince.

Il la vit rougir.

— C'est possible, dit-elle.

— Vous avez raison. Je ne suis pas un prince, seulement un homme.

La prenant par la nuque, il la rapprocha de lui. Et il l'embrassa avec douceur, avant de s'écarter le premier.

— Pourquoi ce baiser-là? murmura-t-elle à son tour.

— Parce que je ne m'attendais pas... à vous. A tout ceci.

— Je ne comprends pas.

— Je pensais que vous représenteriez une... distraction, pas un problème.

— Un problème?

Elle recula un peu.

— Je crois que j'aime ça, ajouta-t-elle.

— Vraiment?

— Je n'ai encore jamais été un problème pour quiconque. Et je ne serais vraiment pas enchantée de n'être
qu'une simple distraction.

Elle s'appuya contre le bateau de pirates, et sa robe
moula davantage son corps. Oui, elle était bel et bien un
problème pour lui. Il n'avait pas menti. Il la désirait. Ce
soir. Là, tout de suite.

— Venez, dit-il. Vous avez raison. Il vaut mieux rentrer.

— Oui, revenons au monde réel.

Il hocha la tête, un peu triste. Si les choses avaient été
différentes, il aurait aimé explorer cet autre monde avec
elle. La prendre dans ce bateau de pirates. Ou sous les
yeux de ce gigantesque Bacchus. Mais cette femme ne
représentait pour lui qu'un moyen d'en savoir un peu plus
sur la compagnie qu'il convoitait. Qu'il oublie ce point
capital, et il pouvait dire adieu à la *Transco*.

Ils se dirigèrent vers la sortie. Et avant de quitter
l'entrepôt, Emma embrassa encore une fois Michael sur
la joue.

— Merci, dit-elle. C'est le plus beau cadeau qu'on
m'ait jamais fait.

Un aveu sur lequel il s'interrogea le reste de la nuit.

Le lendemain matin, en ouvrant les yeux, Emma pensa
à Michael. Que faisait-il en ce moment ? 7 heures. Etait-il
réveillé ? Oui, sûrement. Un homme comme lui devait
dormir peu.

Elle prit une douche. Et fermant les yeux sous le jet
d'eau chaude, elle se souvint du baiser de Michael, revé-
cut ces instants miraculeux avec une sorte d'exaltation
entièrement nouvelle pour elle, et qui, lorsqu'elle en sortit, lui parut vaguement dangereuse.

Enfin, elle se lava les cheveux, délaissant le shampooing qu'elle avait apporté, pour utiliser celui de l'hôtel.

Il sentait délicieusement bon. Quand avait-elle changé de shampooing? de maquillage? essayé une nouvelle coiffure? Quand? Eh bien, jamais.

Elle devenait vieille. Pas en âge, bien sûr, mais dans sa manière de penser. Les filles l'avaient prévenue... et elle n'avait su entendre le message.

Alors, d'accord, dès son retour à la maison, elle allait s'occuper d'elle, de son apparence. Pas à cause de Michael. Enfin, pas seulement pour lui. Mais parce qu'à ce moment de sa vie, elle avait envie de se sentir à son avantage, bien dans sa peau. Si elle ne connaissait pas un homme à qui plaire, elle se regardait elle-même tous les jours dans le miroir, non? Bref, elle voulait se trouver jolie.

Après la douche, elle s'enveloppa dans le drap de bain de l'hôtel, et choisit soigneusement une tenue en décidant que cette journée serait magnifique, inouïe, pleine d'aventures. Une journée inoubliable.

Michael prit une douche rapide. Puis, il se rasa en essayant de ne pas penser à Emma. En vain.

Il avait mal dormi. Ce qui ne lui arrivait jamais.

D'habitude, quatre ou cinq heures de sommeil lui suffisaient pour se sentir reposé et en pleine forme. Et il pouvait dormir n'importe où, en avion, dans une maison inconnue, assis dans un train.

Mais cette nuit, impossible de fermer l'œil. Il n'avait pensé qu'à Emma. Son image. Sa voix. L'odeur de sa peau.

Elle l'obsédait.

A 5 h 30, il décida d'obtenir au plus vite les renseignements qu'il lui fallait, de quitter cet hôtel, et de partir aussi loin que possible d'Emma.

Il se rinça le visage, et revint dans la chambre pour s'habiller. Il ignorait si elle dormait tard, ou si elle se levait tôt. Il pensa d'abord qu'elle ferait la grasse matinée, puisqu'elle était en vacances. Puis, il se dit qu'elle se lèverait tôt, comme certainement tous les matins de la semaine. De toute façon, il serait dans le hall quand elle descendrait.

Il enfila un jean et un polo, ses chaussettes, ses chaussures, se peigna, vérifia qu'il avait assez d'argent liquide sur lui.

Et il se remit à penser à Emma.

Où diable était-elle ? Michael plia le journal qu'il tentait de lire depuis une heure, et se leva.

Difficile de garder son calme.

Il avait voulu avoir l'air de feuilleter ce journal depuis un instant quand elle sortirait de l'ascenseur. Mais il était 7 heures, et toujours pas d'Emma. Peut-être devait-il lui passer un coup de fil, et l'inviter à prendre le petit déjeuner avec lui ? Non, il avait décidé d'un plan, et il n'aimait pas en changer. De plus, il fallait qu'elle soit persuadée qu'il n'avait rien en tête sinon une journée de détente.

Quand il commencerait à l'interroger sur la *Transco*, elle devait être tout à fait à l'aise. Il ne comptait pas lui parler des recherches personnelles qu'elle menait. Non, ce qu'il voulait connaître, c'était les *intentions* de Phil Bailey. S'il savait s'y prendre, Emma lui donnerait la formule qui convaincrait Bailey de vendre. Celui-ci souhaitait peut-être aller vivre à Hawaii ? A moins qu'il ne veuille continuer à faire partie de l'équipe de la recherche et du développement ? Michael pressentait que Bailey s'intéressait surtout à son travail sur l'environnement... En tout cas, il devait absolument connaître le talon d'Achille de Bailey, et Emma pouvait l'y aider. Mais encore fallait-il qu'elle sorte de sa chambre...

Il marcha jusqu'à la boutique de cadeaux. De là, il voyait les portes de l'ascenseur.

Soudain, celles-ci s'ouvrirent, et Emma parut. Il s'approcha d'elle, et ne la regarda que lorsqu'il l'entendit appeler :

— Michael !

Elle souriait, et il eut un choc. Elle semblait sincèrement heureuse de le voir. Il ne put s'empêcher de lui sourire, lui aussi.

— Que faites-vous là ? demanda-t-elle. Je vous croyais reparti pour Houston.

— J'ai changé d'avis.

— Oh !

— Oui, à cause de vous, Emma.

Elle cessa de sourire, et le fixa de ses beaux yeux verts pleins d'étonnement. Comme hier, ses cheveux flottaient sur ses épaules. Elle portait un jean délavé qui lui allait terrriblement bien, avec une blouse bleue vraiment craquante. Bon Dieu ! que se passait-il pour qu'il ait ce genre de pensées ?

— A cause de moi ? Vous ne le pensez pas, dit-elle.

— Oh, si ! Il vous faut un guide, mademoiselle Roberts. Et je suis candidat.

— Vous êtes engagé.

Il la vit rougir, se dit aussitôt que cette journée serait formidable. Et lui prenant la main, il s'émerveilla encore une fois de sentir tant de douceur et de fragilité sous ses doigts.

— Nous allons commencer par trouver une citrouille, déclara-t-il gravement. Afin de la transformer en carrosse.

— Où allons-nous ? demanda-t-elle tandis qu'il l'entraînait vers la sortie.

— Déjeuner de beignets et de café au lait, au *Café du Monde*.

— J'ai toujours rêvé d'y aller.

— Confiez-moi vos rêves, Emma, et je vous promets de les réaliser tous, jusqu'au dernier.

Elle eut un petit rire gai.

40

Et il la suivit dehors.

Ils firent la plus grande partie du trajet en calèche, et rejoignirent à pied le café, au Marché français.

Il y avait déjà beaucoup de monde. Des odeurs délicieuses, des rires, des musiciens qui jouaient dans la rue, tout près. Et le regard tout excité et joyeux d'Emma. Michael se sentait terriblement bien, heureux.

Emma...

Comme la veille, il la trouva drôle et intelligente. Orienter la conversation sur la *Transco* et Bailey se fit tout naturellement. Et quand ils eurent trouvé une table, bu du café et mangé quelques beignets, Michael avait obtenu la plupart des informations qu'il désirait. Emma se montrait ouverte et franche, inquiète pour son patron, et apparemment contente de parler de son travail avec quelqu'un qu'elle trouvait sympathique...

... Bref, vingt minutes plus tard, il savait comment attaquer, quand passer à l'action, et quelle était la meilleure position à prendre pour que les négociations aboutissent. Emma lui avait donné tous les moyens d'offensive imaginables.

Il s'excusa un moment, et trouva un téléphone.

Et pendant toute la communication, il pensa à Emma. Elle serait effondrée, quand elle apprendrait tout. Elle le haïrait. Rien de plus compréhensible. Le mieux qu'il avait à faire, maintenant, c'était de partir. Lui dire qu'un problème urgent l'obligeait à rentrer à Houston sur-le-champ.

Finalement, il raccrocha, et revint s'asseoir près d'elle.

Il resta un long moment immobile, l'écoutant parler et rire.

Il avait envie de passer la journée avec elle, de lui faire visiter La Nouvelle-Orléans. De l'embrasser encore.

— Que faisons-nous, maintenant? demanda-t-elle.

Il remarqua qu'elle avait un peu de sucre en poudre sur la lèvre inférieure. Il se pencha en avant, embrassa cet endroit, goûta sa douceur.

Puis, il se redressa, la regarda dans les yeux et murmura :

— Cette ville est remplie de magie, Emma. Laissez-moi vous la montrer.

4.

La matinée avait été riche en découvertes et en nouvelles sensations. La visite de la ville était passionnante mais, avec Michael pour guide, tout ce que voyait Emma lui semblait encore plus beau. Jackson Square, le Quartier français, les hôtels somptueux, les restaurants pittoresques... Le week-end ne suffirait sûrement pas pour tout voir. D'un autre côté, elle aurait été parfaitement heureuse de rester assise au *Denny's* jusqu'à la fin de son séjour, tant que Michael était avec elle, un bras sur ses épaules.

Tous les soupçons d'Emma au sujet de Michael avaient disparu depuis leur conversation de ce matin, pendant le petit déjeuner. Il possédait à l'évidence une rare expérience du monde des affaires. De plus, il connaissait bien le problème de l'exploration pétrolière, ce qui ne la surprenait pas vraiment.

Evidemment, elle ne savait pas ce qu'il faisait exactement. A cette pensée, elle soupira. Elle lui poserait peut-être la question. Plus tard.

Pour l'instant, elle ne pouvait songer qu'à la main de Michael, qui lui caressait doucement l'épaule.

— Prête pour la prochaine étape ? demanda-t-il.

Emma s'écarta un peu pour voir son visage. Quand il souriait ainsi, elle éprouvait toujours un petit choc délicieux.

— Bien sûr.

— Vous ne voulez pas savoir où nous allons maintenant ?

Elle hocha la tête sans la moindre conviction.

Il rit.

— Que vais-je faire de vous, Emma ?

— Tout ce que vous voudrez.

En se rendant compte de ce qu'elle venait d'avouer, elle tressaillit.

— Enfin, non, ce n'est pas ce que je voulais dire, reprit-elle.

Il se tourna vers elle, lui prit l'épaule droite de sa main libre, et la regarda dans les yeux.

— Non ?

— Eh bien...

— Nous voici devant un dilemme fort intéressant.

— Vous croyez ?

— J'en suis certain. Il y a un certain nombre de choses que j'aimerais faire avec vous, mademoiselle Roberts.

— Mon Dieu !...

Il eut un sourire enjôleur.

— Je ne sais pas pourquoi, mais j'ai l'impression que je viens de mettre le pied au beau milieu de la toile que vous avez tissée autour de vous, avoua-t-elle.

— Une araignée ? Avec huit bras ?

— Des pattes, Michael. Huit pattes.

— Oh ! oui, c'est vrai. Où donc ai-je la tête ?

Emma rit à son tour.

— Alors, quelle est cette prochaine étape ?

— Venez avec moi.

Bien sûr, elle obéit. Et quand il referma la paume sur ses doigts, elle lui prit la main, comme si rien n'était plus naturel. Marcher avec lui dans les rues l'emplissait de bonheur. Et elle remarqua que beaucoup de gens les regardaient, certains avec insistance. Les femmes devaient être attirées par la beauté de Michael. Mais les hommes ? Peut-être s'intéressaient-ils à Michael, eux aussi... La Nouvelle-Orléans était une ville des plus sophistiquées. Cette idée la fit sourire.

Ils marchèrent longtemps vers la périphérie du Quartier français.

— Nous y voici, dit-il enfin.

Emma regarda la vitrine de la petite boutique devant laquelle ils venaient de s'arrêter. Quelques livres, des cristaux du genre New Age. Et soudain, elle vit l'enseigne de bois au-dessus de la porte.

— Une boutique vaudou ?

— Celle du vrai McCoy, dit-il.

— J'ai lu les journaux sur cette affaire. Il s'agit de cette plante qui pousse en Haïti, et qui paralyse les victimes de telle sorte qu'on les croit mortes alors qu'elles ne le sont pas ? Les médecins n'entendent plus les battements du cœur, et on enterre la personne. En sortant de cette espèce de coma, celle-ci quitte sa tombe toute seule. C'est un mort vivant. Cette mystérieuse histoire me passionne...

— Je n'aurais peut-être pas dû vous amener ici, dit-il en souriant. Cela pourrait vous donner des idées.

Elle lui rendit son sourire.

— Oui. Et vous n'aimeriez pas être un zombie. On ne leur donne jamais les meilleures tables.

Il rit, la prit par la taille, et l'embrassa longtemps, lentement et profondément.

Michael observait Emma, tandis qu'elle penchait la tête pour lire les titres des livres dans la petite boutique. Il savait qu'elle allait aimer cet endroit. Il y était venu pour la première fois trois ans plus tôt, avec sa petite amie d'alors. A l'époque, il trouvait tout cela stupide, mais maintenant, en voyant l'intérêt d'Emma, il changeait d'avis.

Elle était avide d'apprendre. D'explorer, de sentir et de goûter. Sa curiosité semblait insatiable. Elle regardait le monde avec une espèce de gourmandise, un intérêt passionné et, en ce moment, elle examinait avec attention des tas de flacons pleins de mystérieuses potions, des livres, des bijoux, des objets énigmatiques.

Il songea qu'au lit, elle manifestait certainement la même ardeur. Il avait aussi le sentiment qu'elle n'était pas très expérimentée. Pas vierge, non, mais... seulement *apprentie*-sorcière. Mais quelle élève elle serait...! Et comme il brûlait d'être son professeur!

En fait, il savait qu'il n'avait pas le choix. Emma *serait* à lui, et il pouvait seulement espérer que, ensuite, elle ne lui en voudrait pas trop tout de même de s'être servi d'elle pour obtenir ces informations sur la *Transco*.

En attendant, il la désirait comme un fou, et résistait difficilement à l'envie de sauter dans un taxi, et de foncer à toute allure vers l'hôtel.

— Tenez, dit-elle.

Elle lui tendait une petite poupée de chiffon d'une main, et cinq ou six longues aiguilles de l'autre.

— Qu'est-ce que c'est? demanda-t-il en prenant la poupée.

— Un cadeau.

— Qui est la victime?

— C'est à vous de le dire, mais j'ai moi-même une petite liste de personnes qui vont souffrir d'un sacré torticolis, la semaine prochaine.

— Vous me choquez, Emma.

— Pourquoi?

— Vous êtes si... Je ne peux pas croire que vous ayez des ennemis.

— Vous alliez dire... si douce, n'est-ce pas?

— Je crois que oui, en effet.

— Vous voyez? Si je ne vous aimais pas tant, cela mériterait un bon petit coup d'une de ces aiguilles. Non, peut-être pas... Mais je devrais sûrement vous pincer.

— Pourquoi? Qu'y a-t-il de mal à être douce?

Elle soupira.

— Oh! rien. A moins que tout le monde ne voie que ça. Je peux me montrer douce, mais je ne suis pas que ça, loin de là.

— Et que voudriez-vous que l'on pense de vous?

Emma réfléchit un moment, en le regardant sans le voir.

— J'ai d'abord pensé que je voulais qu'on me trouve intelligente. Et j'ai changé d'avis, j'ai voulu... Et puis, non, finalement, je préfère que l'on pense que je suis intelligente.

— Pourquoi pas les deux?

— Comment ça?

— Eh bien, intelligente et belle.

Elle rougit, et baissa les yeux.

— Comment le savez-vous?

— C'est ainsi que je vous vois. Intelligente et belle. Et douce, aussi.

Levant une main, elle lui caressa la joue du bout des doigts.

— D'où sortez-vous exactement, Michael Craig?

Pour toute réponse, il la serra contre lui, et l'embrassa.

Ils finirent par revenir à l'hôtel.

Et Emma se retrouva dans la suite de l'homme le plus séduisant qu'elle ait jamais rencontré, assise sur le canapé, et un verre de cognac à la main.

Elle le connaissait à peine, et elle savait qu'elle allait faire l'amour avec lui.

— Encore un peu de cognac? demanda-t-il en s'approchant d'elle avec la bouteille.

— Non, merci, je me sens un peu ivre.

— Déjà?

— Je n'ai pas l'habitude boire de l'alcool, vous savez, et celui-là est très fort.

Il posa la bouteille sur la table basse, et s'assit à côté d'Emma. Tout près. Puis, il la regarda avec un sourire énigmatique.

— Votre visage est ravissant, dit-il.

Et comme elle sentait ses joues s'enflammer, il la prit par le menton, et l'obligea gentiment à le regarder.

— Ne soyez pas gênée, reprit-il. Je suis sincère. On lit vos pensées dans vos yeux.

— Que disent-ils en ce moment?

Il l'embrassa légèrement sur les lèvres, et murmura :

— Ils disent oui.

Et il s'empara de sa bouche avec passion.

Emma s'abandonna à ce baiser, avec l'impression que tout son corps était subitement chargé d'électricité. Une sensation entièrement nouvelle pour elle. Michael glissa sur le canapé, passa un bras derrière elle, et l'attira contre lui.

Alors, lui prenant le visage entre les paumes, elle l'embrassa, l'explora, le goûta de toute son âme.

Comment pouvait-elle avoir autant de chance? Pour ça, il fallait qu'elle ait sauvé tout un orphelinat dans une vie antérieure! Rien d'autre ne semblait justifier qu'elle eût le bonheur d'être là, entre les bras de cet homme.

Elle ouvrit les yeux, et découvrit qu'il la regardait. Il s'écarta.

— Nous pouvons nous arrêter, si vous voulez, dit-il d'une voix rauque. Parce que, dans une minute, je ne suis pas sûr que j'en serai capable.

Alors, baissant la main, Emma lui caressa le genou, la cuisse, monta un peu plus haut... et elle sentit sous ses doigts combien il la désirait.

— Vous êtes sûre? chuchota-t-il.

Elle hocha la tête.

— Souvenez-vous, Emma. Je ne suis pas un prince.

— Oh! si, vous l'êtes, murmura-t-elle contre ses lèvres.

Michael se leva, la souleva dans ses bras, et la porta jusque dans la chambre, où il la déposa sur le grand lit. Puis, il s'assit près d'elle, se pencha et s'empara de nouveau de sa bouche.

— Je vous désire, dit-il tout bas, mais...

— Moi aussi, je vous désire. S'il vous plaît...

— ... je ne peux rien vous promettre.

— Je ne demande pas de promesses.

Sans cesser de le regarder, elle s'agenouilla près de lui, et commença à déboutonner sa blouse.

Il la contempla sans bouger.

Elle ne s'était jamais déshabillée ainsi devant un homme, résolument, les lumières allumées. Mais aucun homme ne l'avait jamais bouleversée à ce point.

Sans hésiter, avec l'impression d'être dans un rêve plutôt que dans la réalité, elle enleva la blouse. Puis, le soutien-gorge. Michael leva la main et, lorsqu'elle sentit qu'il posait la paume sur son sein, elle gémit.

Il s'approcha, posa l'autre main sur l'autre sein, tandis que, des lèvres, il allait de la bouche d'Emma à son menton, à son cou, à sa gorge, sa poitrine. Elle sentit la langue de Michael sur la pointe dressée de ses seins, puis la douce succion des lèvres.

Et lui posant les mains sur la nuque, elle le pressa contre elle, les yeux fermés, et se mit à bouger sur un rythme lent, attentive à la pression exquise et presque douloureuse qui montait entre ses jambes. Jamais elle n'avait rien éprouvé de semblable. Que lui faisait-il là, de ses lèvres magiques, de sa langue experte?

Quand il s'écarta, elle ouvrit les yeux, et le vit se débarrasser de son polo. Elle cessa de respirer un instant en découvrant combien il était beau, torse nu. Splendide. Incroyablement viril.

Maintenant, il déboutonnait la ceinture du jean, les doigts tremblants dans sa hâte. Enfin, il fut nu devant elle, éblouissant. Le ventre plat, les cuisses fermes, et...

Oh ! oui, il la désirait... Elle ne pouvait plus en douter maintenant.

Il ne se laissa pas contempler très longtemps. Mais revenant sur le lit, il l'aida fébrilement à achever de se dévêtir.

Emma eut un élan de timidité, consciente de ne pas être aussi magnifique que lui, craignant qu'il ne soit déçu. Mais lorsqu'elle fut nue à son tour, allongée sur le dos, ses craintes s'évanouirent. Elle comprit à son regard sur elle qu'elle lui plaisait.

— Oh ! Emma...

— Oui ?

— Vous êtes exquise.

— Vous aussi.

— Non, vous ne comprenez pas.

— Expliquez-moi...

Elle fut parcourue de longs frissons quand, d'une main légère comme une plume, il lui caressa le ventre. Puis, il l'explora lentement, les doigts glissant sur sa peau comme s'il s'agissait de la soie la plus délicate. Fermant les yeux, elle se laissa envahir par des sensations inouïes.

En se déplaçant sur elle, la main de Michael l'enflammait toute peu à peu. Il la touchait avec une sorte de vénération, une totale admiration et, pour la première fois de sa vie, elle se sentait belle. Réellement belle. Comme s'il créait cette beauté du seul contact de ses doigts.

Puis, il la parcourut des lèvres.

Bientôt, Emma s'ouvrit. Comme si révéler le plus secret d'elle-même à cet homme était la chose la plus naturelle du monde. Elle sentit qu'il glissait sur elle, battit des cils, et surprit un instant son visage changé par le désir, éclairé par un léger sourire très étrange, à la fois joueur et rêveur.

Au premier contact des doigts de Michael au creux des plis intimes de sa chair, elle perdit le souffle. Hypersensible, totalement prête. Voilà exactement comment elle se sentait.

Et des lèvres, de la langue, il l'entraîna dans une spirale de désir et de feu. Les doigts crispés sur le dessus-de-lit, elle se mit à onduler en gémissant, tandis que l'incendie gagnait son ventre.

Jusqu'à ce qu'elle soit entièrement engloutie par les flammes.

Elle entendit alors que Michael gémissait, lui aussi. Et elle eut un instant du mal à croire que c'était bien elle qui lui donnait autant de plaisir.

Puis, elle ne pensa plus à rien.

Tendue vers lui, et vers le plaisir, elle laissa faire son amant, de plus en plus violemment. Enfin, elle se cambra, et cria, le corps abandonné à une totale extase.

Alors, Michael se redressa, s'allongea sur elle, la couvrit de son corps, et la posséda.

De nouveau, la jouissance perla tandis qu'il l'emplissait complètement. Elle le regarda, et vit ses yeux étinceler de désir.

— Emma, murmura-t-il, Emma...

Il la prit par la taille et, l'enlaçant de ses jambes, elle se mit à bouger avec lui, fiévreusement, se surprenant elle-même. L'onde du plaisir vint de nouveau, tandis que Michael s'enfonçait toujours plus loin, et la prenait avec l'ardeur et l'art du plus parfait des amants.

Ils atteignirent l'orgasme ensemble, avec des gémissements et des cris et, enfin, ils s'effondrèrent sur le lit. Enlacés, essoufflés.

Epuisés.

— Oh! là! là! fit-elle tout bas après un moment.

Il rit doucement.

— Vous pouvez le dire.

— Je ne savais pas...

— Oui?

— Je n'avais jamais connu ça.

— Quoi ?

— Vous savez bien...

— Non. Racontez-moi.

Elle le fixa, vit son regard moqueur, et lui pinça l'épaule.

— Aïe !

— C'est tout ce que vous méritez.

— Pourquoi ne me parlez-vous pas ? Vous n'osez pas, après ce qui vient de nous arriver ?

— Je suis timide. C'est plus fort que moi.

Michael se redressa un peu et, appuyé sur un coude, il la regarda d'un air sévère.

— Non, Emma, vous n'êtes pas timide.

Il l'embrassa, et sourit.

— Vous êtes passionnée, ma petite chérie. Un vrai volcan.

— Pas du tout.

— Comment ça... pas du tout ? Mais c'est un fait établi, je l'ai constaté !

— D'accord. Parfois, je me laisse emporter...

— Ha ! Un moment de plus, et il aurait fallu m'emmener sur un brancard.

— Je parie que vous dites ça à toutes les femmes.

L'expression de Michael changea brusquement. Il avait l'air grave, maintenant, sombre.

— Non. Il ne faut même pas le penser. Jamais.

— Très bien, je n'y pense plus.

Il recouvra aussitôt le sourire.

Et, un moment plus tard, il se levait.

Soudain seule dans le grand lit, Emma aurait voulu qu'il revienne immédiatement auprès d'elle. Mais impossible de le lui avouer. Il ne lui appartenait pas, et il valait mieux qu'elle s'en souvienne. Tout ceci n'était qu'une brève aventure.

*

Michael entra dans la salle de bains, et ferma la porte derrière lui. Il se sentait comme rongé par un sentiment de culpabilité disproportionné. Il avait donné plusieurs occasions de refuser à Emma. Elle avait été plus que consentante. En fait, ce qui le prenait au dépourvu, et l'inquiétait énormément, c'est ce qu'il venait de ressentir en faisant l'amour avec elle.

Il devait bien admettre qu'il n'avait jamais rien connu de semblable avec une femme.

Jusque-là, il se montrait prudent, et évitait de se laisser aller complètement. Or, il avait fait tout le contraire, avec Emma. Et du coup, en la prenant, il s'était senti menacé, vulnérable comme jamais de toute sa vie.

Le pire, c'est qu'il ne pensait qu'à recommencer. Faire l'amour avec elle une seule fois ne lui suffisait pas. Pas plus que cent fois, mille ou cent mille fois... C'est pourquoi il allait s'arrêter là.

Et lundi matin, Emma Roberts aurait de bonnes raisons de le détester, songea-t-il. Hier, la même perspective ne le dérangeait encore pas tellement. Tandis que, aujourd'hui... ça l'ennuyait énormément. Beaucoup trop.

Il devait quitter Emma Roberts. Vite. Et l'oublier. Vite aussi. Afin de prouver, entre autres, qu'il était bel et bien un séducteur *impitoyable*.

5.

En se réveillant dans son lit, chez elle, à Houston, Emma se sentit désorientée quelques secondes. Sûrement à cause de ses rêves.

Michael...

Entré dans sa vie trois jours plus tôt, il ne quittait plus ses pensées. Elle revivait chaque instant qu'ils avaient passé ensemble, brûlante de passion lorsqu'elle en arrivait au samedi soir. Et hantée aussi par le souvenir de leurs adieux. A ce moment-là, il avait été parfait, trouvant les mots justes, l'embrassant tendrement.

Et si elle avait résisté à l'envie de lui demander si elle le reverrait, c'est qu'elle refusait que la froide vérité ternisse une seule seconde de son week-end de conte de fées.

Maintenant de retour dans le monde réel, il ne lui restait plus qu'à se laisser porter par le fleuve sans vagues des jours. Le soir, elle rentrerait à la maison, se coucherait tôt en prétextant une grande fatigue auprès de sa mère, et elle retrouverait Michael dans ses rêves. Là, il ne changerait jamais. Il ne la décevrait pas. Elle vivrait toujours le plus beau des week-ends avec le plus merveilleux des hommes. Et ça, personne ne pourrait jamais le lui prendre.

Quoi qu'il en soit, elle réussit à se lever.

Et en se préparant, elle se rendit compte que rien ne

serait plus jamais comme avant. Désormais, même se laver les cheveux était différent parce qu'elle l'avait fait dimanche dernier à La Nouvelle-Orléans. Se laver, se savonner devenait un acte terriblement sensuel. Et elle se sécha en pensant que Michael avait caressé et embrassé chaque partie de son corps.

Cet homme avait complètement changé sa perception du monde, et elle ne le reverrait plus jamais.

Mais il était trop tard pour avoir des regrets.

D'habitude, le matin, Emma arrivait toujours la première. Mais aujourd'hui, Christie, Margaret et Jane — ses Trois Mousquetaires, comme elle les appelait — l'attendaient dans le vaste bureau qu'elles partageaient.

A elles quatre, elles formaient certainement la meilleure équipe de recherche de toute l'industrie pétrolière.

— Raconte-nous tout, dit Margaret tandis qu'Emma s'installait sur le canapé. Et en détail, s'il te plaît.

— Quand tu sauras ce qui est arrrivé ici..., fit Christie, visiblement tout excitée. Tu ne pourras pas le croire !

— Tu veux du café ou du thé ? demanda Jane en se servant une tasse de décaféiné.

Emma rit. Elles parlaient toutes à la fois, et elle-même ne savait par où commencer. Si. Elle savait.

— Du café, merci.

Elle prit la tasse que lui tendait Jane, et se tourna vers Christie.

— Qu'est-il arrivé ?

Le regard de Christie passa de Margaret à Jane, avant de fixer Emma.

— Il vend la compagnie, répondit-elle enfin.

— Quoi ?!

Emma posa la tasse sur la table basse, devant elle.

— Qui ? ajouta-t-elle.

— Phil, bien sûr. Qui veux-tu que ce soit ?

— Mais quand?

— C'est fait depuis hier soir.

— Un dimanche?

Jane hocha la tête.

— Je le sais parce qu'il m'a appelée.

— Mais pourquoi?

— Il lui fallait certains chiffres. Il m'a dit qu'on lui avait fait une offre.

— On lui a fait une offre, et il a accepté aussitôt?

— Oui, fit Margaret.

On pouvait croire Margaret. A quarante-cinq ans, elle était la plus âgée du groupe, et elle veillait sur elles toutes comme une grande sœur, ou plutôt comme une mère poule sur ses poussins. Bien en chair, les cheveux grisonnants, elle aimait les vêtements simples et pratiques, les couleurs discrètes. Ses conseils étaient toujours sages, sa prudence légendaire, ses opinions plutôt conservatrices, et son cœur aussi grand que le Texas.

Curieusement, Margaret et Christie — de six ans plus jeune, impulsive, audacieuse parfois jusqu'à l'imprudence — s'entendaient particulièrement bien. Peut-être parce que Christie avait perdu sa mère très tôt, et que Margaret l'encourageait à être elle-même, y compris dans sa manière très personnelle de s'habiller. Ainsi, aujourd'hui, Christie portait une minijupe noire et une ample chemise d'homme blanche, ce qui lui allait d'ailleurs très bien.

Quant à Jane, elle préférait le style de Laura Ashley à celui de Christian Lacroix. Longue et mince, gracieuse, très belle, elle n'était que douceur et fine diplomatie. Elliott, son mari, l'adorait, et elle le lui rendait bien.

Et en ce moment, Emma se tenait devant ses trois amies qui attendaient qu'elle réagisse à l'incroyable nouvelle de la vente de la *Transco*.

— Phil a-t-il précisé qui a fait cette offre?

— Une compagnie appelée MRC, répondit Jane.

Depuis notre arrivée, ce matin, nous cherchons de qui il s'agit, mais nous n'avons pas encore trouvé.

— Je n'en ai jamais entendu parler, déclara Margaret. C'est mauvais signe.

— Peut-être garderont-ils Phil à la direction générale, fit Christie. Tu pourrais lui en parler, Emma. Toi, il t'écoute toujours.

Emma secoua la tête. Depuis qu'elle connaissait Phil, elle savait qu'il était avant tout un excellent photographe, attiré par l'Afrique et les safaris. Il devait attendre depuis longtemps cette occasion de vendre, afin de pouvoir enfin se consacrer à sa passion. Mais elle savait aussi qu'il était très attaché à la *Transco*, et à son personnel. Il veillerait probablement à ce qu'on ne touche pas à leur équipe.

— Je vais lui parler, promit-elle, mais je doute qu'il change d'avis.

Et comme elle pensait malgré elle à Michael, elle ne put s'empêcher de sourire.

— Tu ne bougeras pas d'ici tant que tu ne nous auras pas expliqué les raisons de ce sourire extasié, déclara Christie avec autorité.

Emma se sentit rougir. Elle avait espéré ne pas parler de ce week-end avec Michael, oubliant que ses trois meilleures amies lisaient en elle comme en un livre ouvert. Impossible de leur cacher quoi que ce soit. Elle décida pourtant de ne pas tout leur dire.

— Vas-y, dit Margaret en s'asseyant dans le fauteuil, devant elle. Nous avons tout le temps.

De nouveau, Emma sourit sans le vouloir.

— J'ai rencontré quelqu'un.

Ses trois assistantes échangèrent des regards surpris.

— Pourquoi pas ! dit Margaret.

— Oui, tu es belle, drôle, intelligente, brillante, reprit Jane. Et célibataire, mais plus pour très longtemps, si je comprends bien.

— Jane! fit Emma en rougissant de plus belle.

— Maintenant, raconte...

— Il s'appelle Michael.

— Michael... comment?

— Craig. Je l'ai rencontré à La Nouvelle-Orléans, le premier soir. Il avait vu ma photo dans le *Chronicle*, et il m'a reconnue. Nous avons dîné ensemble.

— C'était rapide, fit observer Margaret.

— Je sais. Puis, il m'a emmenée voir les chars de la parade du Mardi Gras. En calèche. Et nous nous sommes embrassés.

— Il n'a pas perdu de temps, dit Christie. Comment est-il?

— C'est l'homme le plus séduisant des trois continents, assura Emma en soupirant. Grand, brun, très beau. Et son torse... Mon Dieu!

— Son torse? firent les trois femmes en chœur.

— Oui, son torse, répéta Emma avec un autre sourire involontaire.

Elles se turent un moment, l'air abasourdi.

— J'espère que tu es fiancée, dit enfin Margaret.

Emma rit.

— Non. Je ne le reverrai pas. Jamais.

— Comment? D'où est-il? demanda Jane. Tu sais qui c'est exactement?

— Il est d'ici, de Houston. Mais je n'en sais pas beaucoup plus sur lui. C'est un homme d'affaires. Génial. Eblouissant. Et l'homme le plus élégant que j'aie jamais vu. C'était... magique. Un rêve. Un conte de fées. C'était... ce qui ne se présente qu'une seule fois dans une vie.

Margaret se pencha en avant, et lui prit la main.

— Je suis heureuse pour toi... si tu es heureuse. Est-ce que tu l'es?

Emma hocha la tête.

— Je sais, ça ne me ressemble pas. Tu me connais,

Margaret, je suis prudente, réservée et même timide, du genre sérieux, un vrai bourreau de travail... Mais je t'assure, j'ai passé un week-end de princesse, un week-end merveilleux...

— Bon. Peut-être que, maintenant, tu es convaincue qu'il n'est pas vraiment nécessaire de vivre comme une nonne.

Emma reprit sa tasse sur la table basse, et but une gorgée de café.

— Je n'en sais rien. En tout cas, c'est un magnifique souvenir.

— Rien qu'un souvenir? s'écria Jane. Je te jure que nous allons le retrouver.

— Oui, dit Christie. Je suis sûre qu'il sera très heureux de te revoir.

— Il sait où me trouver, expliqua Emma. Mais il ne viendra pas. Et c'est très bien comme ça.

Christie et Jane se regardèrent.

— Ah! non, vous n'allez pas le rechercher! s'écria Emma. Nous avons autre chose à faire. Et d'abord, il faut trouver qui sont ces nouveaux propriétaires.

Elle se leva.

— Je vais voir Phil, annonça-t-elle d'un ton décidé.

— Fais-le parler, conseilla Jane. Et essaie d'obtenir des détails...

— Souhaitez-moi bonne chance.

Emma frappa à la porte du bureau de Phil Bailey.

— Entrez! cria-t-il aussitôt.

Ellen, sa secrétaire, n'était apparemment pas encore arrivée.

Emma pénétra dans le bureau. Une vaste pièce transformée en musée sur l'Afrique. Partout, des photos, des objets, des sculptures. De grandes cartes, où les activités de la *Transco* n'occupaient qu'un tout petit coin. Rien sur le bureau de bois de tek. Mais d'ici ce soir, les papiers s'y accumuleraient.

— Bonjour, dit Philip. Alors, ce petit voyage ?

Emma sourit.

— C'était formidable. Merci. Il paraît que tu as eu, toi aussi, un week-end intéressant.

Elle s'assit dans le confortable fauteuil de cuir, devant le bureau.

Phil représentait bien plus qu'un patron pour elle. C'était un ami. Et Emma devait bien reconnaître qu'ici, il ne semblait pas à sa place. Grand, mince, les cheveux blonds, il portait des lunettes à monture métallique qui lui donnaient plutôt l'air d'un professeur que d'un P.-D. G. Il ne mettait un costume que lorsqu'il devait rencontrer des personnes extérieures à la compagnie. Le plus souvent, comme aujourd'hui, il était en jean.

— Oui, dit-il. Mais ne t'inquiète pas. Je m'occupe de toi.

— Cela veut-il dire que l'affaire est conclue ?

— Dès que j'aurai signé. C'est-à-dire dans une dizaine de minutes.

— Mais qui est l'acheteur ? Et que va devenir mon équipe ? Sera-t-elle licenciée ?

Il prit un stylo sur son bureau, pas pour écrire, mais pour s'occuper les mains. Emma savait qu'il ne faisait cela que lorsqu'il était nerveux.

— Ton équipe ne risque rien. Vous êtes un des secteurs les plus importants de la compagnie, et vous en augmentez la valeur. Ne te fais aucun souci.

— Et mes...

— Il se pourrait qu'elles soient licenciées. Mais je ne le pense pas. Du moins pas tout de suite. MRC ne fait pas les choses tout à fait comme moi. C'est une grosse compagnie, et ils vont amener ici une partie de leur propre personnel.

Emma se tut un moment. Elle travaillait pour la

60

Transco depuis cinq ans. Il semblait impossible que tout change radicalement aussi brusquement.

— Tu es heureux de ton choix, Phil? demanda-t-elle.

Il la regarda dans les yeux.

— Oui. Je veux vendre depuis longtemps, mais je ne trouvais pas d'acquéreur offrant les garanties indispensables. Ceux-là sont très bien. L'essentiel était le secteur de la recherche sur l'environnement. Je n'aurais jamais vendu s'ils n'avaient accepté de le garder tel qu'il est, tu t'en doutes. Ils le font, avec quelques modifications mineures.

Penchant un peu la tête sur le côté, et cessant de tripoter le stylo, il ajouta :

— Et ils savent qui tu es. Ta réputation t'a précédée.

— Ma réputation? Je ne comprends pas.

— Tu fais partie du marché, Emma. Sans toi, ils n'auraient pas acheté.

Elle en resta un instant muette de stupeur. Il n'existait aucune raison à cela. Elle aimait son travail mais, franchement, cela ne méritait même pas d'être mentionné dans ce genre de marché.

L'Interphone sonna, et Phil prit la ligne.

— Faites-le entrer, dit-il après un instant.

Il raccrocha, et leva les yeux vers Emma.

— Tu veux faire la connaissance de ton nouveau patron?

Elle hocha la tête, et se leva, la gorge serrée.

A partir de maintenant, cet homme aurait une grande importance dans sa vie. Elle espérait, sans trop y croire, le trouver sympathique. Bien sûr, il ne deviendrait jamais un ami comme Phil, mais peut-être serait-il un bon patron à sa manière.

La porte s'ouvrit, et elle se retourna. Elle vit d'abord Ellen. Puis, il entra.

Et Emma sentit son cœur bondir dans sa poitrine.

Emma crispa les doigts sur le dossier du fauteuil,
devant elle. Elle ne pouvait croire à ce qu'elle voyait.

Il était là! Et il était venu pour elle... Elle ne se rendit
compte à quel point elle l'avait souhaité que lorsqu'elle
vit Michael debout sur le seuil du bureau.

Elle s'avança vers lui, le cœur gonflé de bonheur.

— Comment...

La question mourut aussitôt sur ses lèvres. Et elle
s'immobilisa.

Les yeux de Michael Craig n'exprimaient pas la
moindre joie. Mais seulement de la froideur, de la
méfiance. Et beaucoup d'embarras, quelque chose qui
ressemblait à de la culpabilité.

Le regard d'Emma passa de Michael à Phil. Et elle
comprit tout.

Michael ne venait pas la chercher pour l'emmener dans
son château de prince de conte de fées. Il était le nouveau
propriétaire de la *Transco Oil*.

Tout n'avait été qu'un énorme mensonge. Tandis qu'il
la séduisait, qu'il lui faisait l'amour, il mentait.

La vérité lui tomba dessus et s'écrasa autour d'elle
comme un chargement de briques.

Elle avait trahi la compagnie, vendu ses amies, poi-
gnardé dans le dos les personnes qu'elle aimait le plus.
Pendant un instant, elle fut prise d'une sorte de vertige.

Et elle s'était trompée, quelques secondes plus tôt, quant à l'air coupable de Michael Craig. Son visage n'exprimait pas la plus petite inquiétude. Oh! bien sûr, il avait l'air grave, mais elle connaissait ses dons de comédien. Il aurait pu avoir un Oscar pour le rôle qu'il jouait en ce moment! Il était clair que manipuler quelqu'un d'aussi vulnérable qu'elle avait été un jeu d'enfant pour lui.

Soudain, elle se revit, nue entre ses bras dans le grand lit, à l'hôtel. Et incapable de le regarder plus longtemps, elle se dirigea vers la porte, espérant qu'il s'écarterait pour la laisser passer sans qu'elle le touche.

Au lieu de ça, il lui prit le bras, et l'arrêta alors qu'elle arrivait devant la porte.

— Attendez, Emma. S'il vous plaît.

— Vous vous connaissez?

Emma entendit la voix de Phil, mais elle ne jeta pas un regard derrière elle. Se libérant de la main de Michael, elle le fixa et, l'espace d'une seconde, elle crut presque qu'il regrettait ce qu'il avait fait. Mais comment savoir? Elle l'avait cru aussi quand il lui disait qu'elle était belle.

Elle sentit des larmes brûlantes lui emplir les yeux, et s'élança hors du bureau. Michael n'essaya pas de la retenir. Et elle se dirigea aussi vite que possible vers les toilettes. Par chance, elle les trouva désertes. Elle s'enferma dans une stalle, et s'assit.

Aussitôt, les larmes coulèrent sur ses joues. Un sentiment d'humiliation l'envahit. Elle eut la nausée quelques secondes. Et elle pensa à ce qu'elle avait fait.

Si Michael avait pu faire à Phil une offre que celui-ci ne pouvait refuser, c'était certainement grâce à l'une des informations qu'elle lui avait données. Mais laquelle exactement? Le désir de Phil d'aller en Afrique? L'importance qu'il accordait à la protection de l'environnement? Peut-être quelque chose de plus subtil, et qu'elle aurait vu tout de suite si elle n'avait pas eu des étoiles plein les yeux.

Pourquoi l'avait-elle écouté? Pourquoi ne lui avait-elle pas dit fermement qu'elle voulait dîner seule? Et pourquoi avait-elle fait l'amour avec lui? Sa belle aventure de conte de fées se changeait en affreux cauchemar.

— Emma?

Margaret venait d'entrer dans les toilettes. Comment Emma pourrait-elle jamais lui avouer, à elle, à Christie ou à Jane, ce qu'elle avait fait? Toutes les trois la détesteraient.

— Que se passe-t-il? reprit Margaret. Ellen vient de m'appeler. Il paraît que tu connais l'homme qui a acheté la compagnie... Et que tu as quitté le bureau de Phil comme s'il y avait le feu.

Emma renifla, incapable de prononcer un seul mot.

— Emma? Tu pleures?

— Je t'en prie, Margaret, je ne peux pas parler...

Il y eut un silence, et Emma entendit de nouveau la porte s'ouvrir.

— Qu'est-ce qui se passe? demanda Christie.

— Comment est-elle? fit la voix de Jane.

— Elle pleure, chuchota Margaret, comme si Emma ne se trouvait pas à un mètre tout au plus.

— Qu'est-ce qui t'arrive? dit Christie en frappant à petits coups répétés à la porte. Ça va? Tu veux un verre d'eau? J'appelle un médecin?

— Non, répondit Emma. Je veux seulement rester là, et pleurer un moment. D'accord?

— Sûrement pas, affirma Margaret en frappant elle aussi à la porte. Tu vas sortir de là immédiatement, et nous dire ce qui se passe. Qui est cet homme?

Emma se leva. Elles ne la lâcheraient pas. Autant leur parler tout de suite. Elle ouvrit la porte, et les vit toutes les trois, l'air inquiet. Quand elles sauraient tout, leur inquiétude allait disparaître et se changer en colère ou même pire.

— Allez, Emma, vide ton sac, suggéra Christie en essayant de sourire.

— L'homme qui a acheté la compagnie est celui avec qui j'ai passé le week-end, dit-elle, étonnée de parler distinctement et de ne pas tomber instantanément en mille morceaux sur le sol. Je suis responsable de la vente de la compagnie. J'ai parlé. J'ai trop parlé. Beaucoup trop. De Phil, de la *Transco*. Je suis sûre que j'ai dit quelque chose qui a permis à ce type de faire cette offre.

— C'est le type que tu..., commença Christie.

Emma hocha la tête.

— Nom d'un chien !

Margaret s'approcha d'Emma, et lui mit un bras autour des épaules.

— Ecoute, dit-elle, quoi que tu aies raconté, tu ne peux pas être responsable de la vente de la compagnie. Phil est le seul qui ait pu le faire. C'est lui, le propriétaire, pas toi.

— Mais j'ai donné l'information décisive à Michael ! Sans cela, il n'aurait pas pu emporter le morceau.

— Comment le sais-tu ? demanda Jane. C'est peut-être une simple coïncidence. Il a pu te voir là-bas par hasard.

Emma eut un rire nerveux.

— Si tu le connaissais, tu saurais que c'est impossible. Il avait tout prévu. Il... il m'a menti. Et je l'ai cru. J'ai tout gobé. J'ai même couché avec lui. Vous comprenez ? J'ai fait l'amour avec lui ! Moi ! La nonne de la *Transco*.

— Ce n'est pas grave, ma chérie. Tu as suivi ton cœur, voilà tout. Tu ne pouvais pas deviner que tu finirais par le retrouver ici.

— Non, ce n'est pas ça, Margaret. Je suis la seule à blâmer. Je me suis jetée dans ses bras. Je peux même dire que je lui ai sauté dessus !

— Et c'était bon ?

Elles se tournèrent toutes vers Jane. Puis, Christie se mit à rire. Et Margaret secoua Emma jusqu'à ce qu'elle éclate de rire à son tour.

— Alors ?

— Il a été merveilleux. Et le pire, c'est que je me suis sentie... Eh bien, oui, quoi, je me suis sentie belle. Dire que j'ai cru... Oh! rien qu'un instant... qu'un homme comme lui pouvait...

Elle s'interrompit, la gorge serrée, et tenta désespérément de réprimer ses larmes. Sans y parvenir.

— A mon avis, c'est un authentique salopard, déclara Christie. Comment a-t-il osé profiter de toi?

— Il n'a pas eu à insister beaucoup, avoua Emma en se ressaisissant.

Et regardant ses trois amies, les plus chères qu'elle ait jamais eues, elle eut une bouffée de tristesse.

— Vous allez me manquer, dit-elle.

— Comment? s'écria Margaret. Où vas-tu?

— Je démissionne.

— Ne sois pas stupide.

— Merci, Margaret. Merci beaucoup.

— Tu n'as aucune raison de partir. Tu es le meilleur élément de cette compagnie. Je suis sûre que le... salopard le sait. Il a probablement décidé d'acheter la *Transco* uniquement parce que tu y travailles.

— Et tu voudrais que je fasse comme si rien de tout ça n'était arrivé?

Margaret secoua la tête.

— Je voudrais que tu gardes ton calme.

— Que veux-tu dire?

— Elle veut dire que tu dois rester ici, expliqua Christie. Et rendre la pareille à ce P.-D. G.

— Mais comment faire?

— Je sais, dit Jane. Il faut que tu l'obliges à tomber à tes genoux. A devenir amoureux fou de toi. Et quand il sera transi d'amour, tu l'enverras sur les roses.

— Mais tu l'as vu? Et tu m'as vue, moi? Non, il ne tombera jamais amoureux de moi. C'est impossible.

— Qu'est-ce qu'on parie? répliqua Christie.

— Quand tu prends cette voix-là, ça m'inquiète toujours, fit remarquer Emma.

— Fais-moi confiance. Ce Michael Craig ne se doute pas de ce qui l'attend.

— Vous êtes complètement folles, vous savez.

Les trois femmes hochèrent la tête.

En dépit de son absolue certitude que leur plan, quel qu'il fût, ne marcherait pas, Emma éprouva un léger sentiment de pitié pour Michael. La vengeance des Trois Mousquetaires pouvait être terrible.

Michael tentait de se concentrer sur ce que disait Phil Bailey, qui semblait parler de résultats financiers importants. Mais il ne pouvait penser qu'à Emma.

En le voyant, elle avait paru consternée. Il n'avait pas prévu qu'elle le prendrait aussi mal, ni qu'il se sentirait aussi coupable. D'habitude, il ignorait purement et simplement la culpabilité. Elle ne faisait pas partie de son univers. Une émotion réservée aux imbéciles, aux poires, aux mauviettes, et à laquelle il avait réglé son compte depuis belle lurette. Aujourd'hui, voilà que cette émotion le tourmentait sans relâche, et il n'aimait pas ça du tout.

Il fallait qu'il parle à Emma. Mais que lui dire ? Lui mentir ? Lui raconter qu'il avait déjà fait l'offre à la *Transco* quand ils s'étaient rencontrés ? Non, elle ne le croirait pas. Elle ne manquait certes pas d'intelligence, ni d'intuition, et c'était bien le problème.

Surtout depuis qu'il avait décidé qu'il voulait la revoir. Sortir avec elle. Et plus encore, bien entendu. Pendant ce week-end, quelque chose d'inexplicable lui était arrivé. Il savait seulement qu'Emma ne quittait plus ses pensées. Les souvenirs affluaient à sa mémoire, sans arrêt et malgré lui — Emma, la douceur de sa peau, son parfum de fleurs, sa voix si particulière, si émouvante quand ils avaient fait l'amour...

Les chances de revivre cette performance lui semblaient faibles. Surtout depuis qu'il avait vu l'air catastrophé de la jeune femme, dans ce bureau. Mais les prévisions les plus pessimistes ne l'avaient encore jamais arrêté. Avec du temps et de la patience, il pouvait reconquérir la confiance d'Emma. Restait à trouver comment il s'y prendrait, à imaginer un plan bien précis...

— Michael ?

Il regarda Phil.

— Oui ?

— Voulez-vous un stylo ?

— J'en ai un.

Et Michael sortit son Mont Blanc de la poche de sa veste. Il signait tous ses contrats avec ce stylo. C'était peut-être de la superstition mais, jusqu'ici, il n'avait encore jamais eu à s'en plaindre.

Il se pencha sur les feuillets, et les parcourut pour voir s'il y avait des changements aux termes du contrat. Non, aucun. Ses avocats et ceux de Phil avaient tout mis au point en un temps record. Il commença à écrire son nom, et s'arrêta au milieu de la signature. Plus d'encre dans le stylo. Il appuya plus fort la plume sur le papier. En vain.

Phil lui tendit son propre stylo, et Michael acheva de signer tandis qu'une petite voix intérieure lui envoyait des signaux d'alarme. Ce n'était qu'un stylo qui manquait d'encre mais, tout de même, pourquoi justement à l'instant précis où il signait ce contrat ?

Phil se mit debout, et tendit la main à la seconde où Michael levait les yeux.

— Je compte sur vous pour le personnel, Craig, dit-il. N'oubliez pas que j'ai rassemblé ici certains des meilleurs spécialistes du métier. J'espère que vous saurez en profiter.

Michael lui serra la main.

— Je suis tout à fait conscient de la qualité des équipes. C'est l'une des raisons qui m'ont décidé à venir vous voir.

— Très bien. Je vois que nous nous comprenons.

— J'aimerais faire un petit tour dans l'entreprise, reconnaître le terrain.

— Je vous accompagne.

— Non. Vous avez certainement beaucoup à faire. Je vais trouver ce que je cherche.

Il prit ses exemplaires du contrat, et les mit dans son attaché-case.

— Puis-je laisser ceci ici ?

— Je vous en prie.

Michael se tourna vers la porte. Et il allait sortir quand Michael ajouta :

— Au fond du hall à droite, bureau cent quatorze.

Sans un mot, Michael quitta la pièce. Il savait maintenant où trouver Emma.

Emma serait incapable de se concentrer tant que ses amies s'agiteraient ainsi autour d'elle. Christie téléphonait à l'institut de beauté. La transformation dont elles lui avaient parlé était prévue pour demain. Pour une fois, Emma serait absente. Toute une journée, et selon Jane, peut-être deux. Parce qu'après l'institut de beauté, elle devait se rendre chez un coiffeur et, ensuite, dans une maison de couture. Et pour payer tout ça, il faudrait qu'elle puise dans ses économies.

Jane téléphonait au couturier. Emma l'entendit prononcer les mots « sexy », « terrible », « sophistiqué », « moulant »... C'était vraiment ridicule. Elle ne serait jamais sexy, ni terrible, avec son corps svelte, ses petits seins et son aversion pour les talons hauts.

Mais elle avait promis de suivre le plan de ses amies. Elle les avait trahies, et tout ce qu'elles lui demandaient maintenant, c'était de se livrer à toutes ces folies. Elle ne pouvait pas refuser.

Margaret ne restait pas inactive. Elle faisait des recherches sur son ordinateur. Des recherches sur

Michael Craig. Elle allait tout apprendre sur cet homme, jusqu'à son groupe sanguin, Emma n'en doutait pas une seconde.

Quand sa propre transformation serait achevée, Margaret, Christie et Jane auraient un dossier complet sur Michael. Elles sauraient tout dans le moindre détail sur sa situation financière, sa maison, ses meubles, sa marque de céréales préférée, le nombre de ses cravates, ses moindres déplacements, sa voiture, mais aussi sur les péripéties de sa vie amoureuse, y compris tout ce qui s'était passé le week-end dernier.

Elles appelaient ça des arguments, des moyens d'offensive. Pour Emma, c'était tout simplement de la folie. Mais quand elles auraient rencontré Michael, elles le comprendraient d'elles-mêmes. Et peut-être qu'alors, elles oublieraient tout cela, et se remettraient au travail.

Soudain, le silence se fit dans le bureau. Emma jeta un regard derrière elle, et vit que les trois femmes fixaient la porte. Elle suivit leurs regards.

Il était là.

— Bonjour, dit-il avec calme. Je suis Michael Craig.

Margaret se leva.

— Que désirez-vous, monsieur Craig? demanda-t-elle d'un ton sec.

— Me présenter, et j'aimerais aussi parler un instant avec Emma.

Il la regarda, mais elle baissa les yeux. Les joues brûlantes, comme trop souvent au cours du week-end à La Nouvelle-Orléans. Que faisait-il là? Pourquoi ne s'en allait-il pas?

— Je suis Margaret Castle. Voici Christie Perkins et Jane Folley.

Michael entra, tendit la main à Margaret. Elle la regarda comme s'il s'agissait d'un petit cactus plein d'épines et, finalement, elle la serra rapidement.

Il salua également Jane et Christie.

— Avant tout, je veux que vous sachiez que vous avez toujours votre place ici. Je n'ai pas l'intention de réduire les effectifs de ce département. Je sais que personne ne peut faire un meilleur travail que vous quatre.

Margaret semblait méfiante. Mais Emma remarqua que Christie examinait Michael très attentivement. Parfait. Dès qu'il s'en irait, tout serait réglé.

— Et maintenant, pourriez-vous me consacrer un moment ?

Margaret, Christie et Jane se tournèrent vers Emma. Elle hocha à peine la tête, et toutes les trois sortirent du bureau.

Ils étaient seuls. Elle sentait son cœur cogner dans sa poitrine, et ne pouvait toujours pas le regarder.

— Emma ?

— Oui ?

— Je veux vous expliquer.

Elle leva les yeux. Il semblait inquiet, coupable. Non, elle ne l'inventait pas.

— Qu'y a-t-il donc à expliquer ? Tout me semble affreusement clair.

Il s'approcha d'elle, et elle eut un mouvement de recul dans son fauteuil. Il s'arrêta.

— Ce n'est pas ce que vous croyez.

— Non ? Vous ne m'avez pas abordée délibérément, l'autre soir ? Vous n'avez pas caché le fait que vous tentiez d'acheter la *Transco* ? Vous ne m'avez pas fait parler de la compagnie afin que je vous donne, sans le savoir, l'argument décisif pour convaincre Phil d'accepter votre offre ?

Silence.

— Tout cela est vrai, dit-il enfin. Mais il n'y a pas que ça.

— Je sais. J'ai omis de dire que vous aviez couché avec moi.

— Vous ne comprenez pas.

— Oh! si. Je suis peut-être naïve, mais pas complètement stupide.

— Je n'ai pas fait l'amour avec vous à cause de
l'achat de la *Transco*, Emma.

— D'accord. Vous avez succombé au désir. Je
comprends.

— Pourquoi fuyez-vous ainsi?

Emma avait toujours les joues rouges, mais de colère
maintenant, plutôt que d'embarras.

— Oh! je vous en prie.

Elle se leva, et prit son sac sous son bureau.

— Vous trouverez ma lettre de démission sur votre
bureau demain matin, déclara-t-elle.

Elle allait se tourner vers la porte, mais il la prit par les
épaules, et la regarda dans les yeux.

— Non. Je ne veux pas que vous partiez. Je suis venu
vous dire que je vous donne une augmentation. J'ai
besoin de vous.

— Une augmentation? En quel honneur?

Il serra les dents, et elle détourna les yeux. Elle était si
proche de lui qu'elle sentit l'odeur légèrement épicée de
son after-shave. Et elle s'adoucit malgré elle. Les doigts
de Michael sur ses bras lui brûlaient la peau, maintenant.
Si elle éprouvait ces sensations à présent qu'elle savait la
vérité, elle ne pourrait jamais travailler avec lui, ni même
le revoir.

— Il y a quelque chose de spécial entre vous et moi,
Emma. Et ça n'a rien à voir avec la *Transco*.

— Laissez-moi partir, monsieur Craig.

— Non.

— J'insiste.

C'était absurde, étant donné les circonstances mais,
l'espace d'un instant, elle crut qu'il allait l'embrasser. Il
se pencha légèrement, les lèvres entrouvertes. Et puis,
brusquement, il la lâcha.

— Je sais quel atout vous représentez pour cette compagnie, et j'aimerais que vous restiez. Je ne vous ennuierai plus. Je vous en donne ma parole.

— Votre parole ? Comme c'est rassurant !

Elle passa devant lui, et marcha vers la porte sans s'arrêter, même quand elle l'entendit murmurer :

— Je suis désolé.

7.

Hier soir, elles avaient parlé jusqu'à près de minuit. Et Margaret, Christie et Jane avaient fini par convaincre Emma de suivre leur plan.

Bien entendu, Emma n'y croyait pas vraiment. Mais elle s'était dit que passer deux jours à s'occuper exclusivement d'elle-même lui permettrait de retrouver son calme et de réfléchir, ce qui semblait impossible à la maison devant l'air grave et inquiet de sa mère.

Il fallait aussi qu'elle pense à l'argent. Elle gagnait très bien sa vie à la *Transco*, et il n'était pas du tout certain qu'elle retrouve un aussi bon salaire ailleurs. S'il n'avait tenu qu'à elle, Emma n'aurait pas hésité, mais elle ne devait pas oublier qu'elle était le seul soutien de sa mère, et qu'elle finançait également les études universitaires de sa sœur Karen.

Pourtant, bien qu'elle n'en ait rien dit à ses amies, Emma était décidée à ne pas rester à la *Transco*.

Elle ne le pourrait pas. Ce serait trop dur. Mais elle ne partirait pas précipitamment. Elle prendrait son temps. Dès qu'elle reprendrait son travail, elle commencerait à envoyer son *curriculum vitæ* un peu partout. Sans en parler à ses assistantes, bien entendu. Inutile de mettre en péril la cohésion de son équipe pour le moment, uniquement pour sauver son orgueil. Elle ne pouvait rien faire d'autre, sinon espérer trouver un nouveau poste rapidement.

Maintenant, elle venait de prendre une douche, et de se sécher. Elle posa la serviette de bain, et s'examina un moment dans le miroir.

A partir d'aujourd'hui, elle allait changer complètement. Du moins l'espérait-elle. Elle songeait même à faire appel à la chirurgie esthétique. Pourquoi pas? Elle voulait changer complètement d'apparence, se sentir différente, être réellement une autre. N'importe qui sauf elle-même. Une femme qui n'ait plus les mêmes souvenirs.

Elle pensa à Michael, et s'éloigna du miroir.

Des images et des bribes de conversation du week-end la harcelaient, et lui brouillaient les idées. Il la poursuivait jusque dans son sommeil, et c'était le plus inquiétant. Car là, elle lui ouvrait les bras. Dans son rêve, elle faisait l'amour avec lui, et se donnait à lui une fois de plus. Qu'est-ce que cela signifiait? Rien de bon, elle en était certaine.

Elle acheva de se préparer, ce qui fut vite fait car, ce matin, elle ne devait pas se maquiller. C'était étrange de ne pas être à son bureau à 10 heures du matin. Difficile de perdre les vieilles habitudes...

Michael raccrocha, et regarda son nouveau bureau. Phil avait emporté ses objets africains et ses photos la veille, ne laissant que la carte de la *Transco*, et les meubles. La décoratrice d'intérieur serait là dans quelques heures, et elle allait régler rapidement le problème. Doris travaillait pour lui depuis quatre ans, et elle connaissait ses goûts.

Il prit la tasse de café, et se demanda s'il était bien indiqué de traverser le hall d'entrée et d'aller jusqu'au bureau d'Emma pour voir si elle était là. Bien qu'il n'ait pas reçu la lettre de démission dont elle l'avait menacé, elle ne venait pas travailler depuis deux jours. Les trois femmes qui partageaient son bureau refusaient de le renseigner, assurant qu'elles ne connaissaient pas la raison de l'absence d'Emma. En fait, elles mentaient, il le savait.

Les femmes... Pourquoi diable fallait-il qu'elles soient si bavardes, et qu'elles se racontent entre elles ce qu'il y avait de plus personnel dans leurs vies? Il aurait préféré que ce qui s'était passé entre Emma et lui reste secret, mais elle confiait probablement tout à ses assistantes. Maintenant, l'équipe le haïssait, et elles allaient certainement répandre la nouvelle. C'était ennuyeux, mais pas dramatique non plus. Il avait déjà souvent été en butte à l'hostilité du personnel, en cas de prise de pouvoir. En outre, il ne resterait pas très longtemps à la direction, ici. Jim Cowling serait bientôt là, pour s'en charger.

En attendant, il voulait réparer les dégâts autant qu'il le pourrait avec Emma. Elle le hantait de plus en plus. Il détestait ça, mais c'était la vérité.

Il avait essayé en vain d'oublier l'épisode de La Nouvelle-Orléans. Il avait cette femme dans la peau, qu'il le veuille ou non.

Le pire, c'était ses rêves. D'ordinaire, il s'en souvenait rarement mais, ces dernières nuits, il avait été réveillé par des images si vivantes qu'il aurait aussi bien pu les voir sur un écran de télévision. Des images d'Emma. Nue, offerte, consentante. Si jolie, et murmurant son nom.

Il se leva, et sortit du bureau. Grace, sa secrétaire, leva les yeux quand il passa devant elle, avant de reprendre aussitôt son travail. Il tourna à gauche dans le hall, et se dirigea vers le département de la recherche.

Michael frappa un coup discret à la porte pour s'annoncer, et entra. Bien sûr, Emma n'était toujours pas là. Margaret et Christie se trouvaient seules dans le bureau.

— Bonjour, dit-il.

Margaret le salua d'un bref signe de tête, et Christie lui jeta un coup d'œil apparemment indifférent.

— Je me demandais si vous aviez des nouvelles d'Emma.

Margaret secoua la tête.

— Non. Aucune.

— Je vois.

Elle se tourna vers son ordinateur, et se mit à taper sur le clavier avec une sorte de fureur. Michael aurait bien posé d'autres questions, mais cela ne lui parut pas prudent. De toute façon, même si elles savaient quelque chose, elles ne lui diraient rien.

— Si elle appelle, ou si elle arrive, vous aurez l'obligeance de lui demander de se mettre en contact avec moi ?

— Oh ! elle se mettra sûrement en contact avec vous ! fit Christie.

Margaret lui lança un regard sévère, et Christie rougit.

Qu'est-ce que ça voulait dire ? Que préparait Emma ? En tout cas, tout ça n'était pas très bon signe.

— Merci, dit-il.

Et il battit en retraite. Il revint sans se presser à son bureau, essayant de comprendre le sens de la remarque énigmatique de Christie.

— Monsieur Craig, dit Grace en venant vers lui alors qu'il atteignait la réception. Quelqu'un vous attend dans votre bureau.

— Qui ?

— Emma Roberts.

Michael sentit aussitôt les battements de son pouls s'accélérer. Il dut faire un effort pour marcher normalement, et ne pas se mettre à courir. Il hocha la tête, et se dirigea vers la porte fermée de son bureau. Il était tellement troublé qu'il faillit frapper.

Au lieu de ça, il ouvrit la porte.

Et il s'immobilisa, stupéfait.

C'était Emma, bien sûr, et ce n'était pas elle. La jeune femme qui se tenait devant lui avait les traits d'Emma, le corps d'Emma, mais elle était pourtant très différente.

Ses cheveux étaient maintenant coupés, frôlant les épaules, auburn, soyeux. Tirés en arrière, ils dégageaient un visage d'une étonnante beauté. Jusque-là, il la trouvait jolie, mais maintenant... Il sentit son cœur cogner dans sa poitrine tandis qu'il découvrait la nouvelle Emma.

Elle portait un tailleur — mais c'était là le vêtement de quelqu'un qui exerçait un pouvoir. Un pouvoir féminin. C'était un tailleur rouge. Ajusté, avec une jupe courte. La veste bien coupée mettait en valeur la finesse de la taille et les rondeurs des seins.

Ses jambes paraissaient longues. Or, il savait qu'elle n'était pas très grande. Mais ces talons — hauts, très fins, également rouges — lui faisaient des jambes... des jambes...

Lentement, le regard de Michael remonta vers le visage. Evidemment, c'était la même. Un maquillage différent, une autre coupe et une autre couleur de cheveux, les cils allongés avec du Mascara, et une jupe étroite, ne la transformaient pas radicalement. Pourtant, il ne pouvait nier qu'elle avait tout à fait changé.

C'était quelque chose dans sa manière de se tenir, dans son attitude. Elle semblait plus sûre d'elle, et oui, plus sexy que jamais. Il eut l'impression d'être frappé par un raz de marée, de recevoir un coup de poing. Et il eut un élan de désir visible, ce qui ne lui arrivait jamais sur les lieux de son travail. Surtout pas dans son bureau avec une femme avec qui il avait déjà fait l'amour.

Emma leva un sourcil. Le droit. Michael la fixa, hypnotisé par l'érotisme fou de ce léger mouvement.

— Monsieur Craig, dit-elle.

Etait-il possible que sa voix aussi ait changé ? Non. Il se dit que son imagination lui jouait encore un tour.

— Vous vouliez me voir ?

Tout à coup, il se rendit compte qu'il la regardait depuis un long moment. Mais il craignait qu'en bougeant, en changeant de position, elle ne remarque l'effet bien précis qu'elle lui faisait. Bien sûr, elle le savait certainement déjà, car il devait ressembler à un Grand Méchant Loup de dessin animé, avec les yeux qui sortaient de la tête et la mâchoire inférieure sur les pattes avant.

— Je suis heureux de voir que vous...

Sa voix se cassa. Comme un adolescent de quinze ans... Il toussota.

— Je suis content de vous voir revenue, dit-il, cette fois de sa voix normale.

Mais il sentit la sueur lui mouiller le front, et couler sur ses tempes.

Seigneur! que lui arrivait-il? Il se sentait comme ensorcelé. Il ne pensait qu'à elle depuis... depuis qu'elle lui avait jeté un sort. Et maintenant, il se consumait. Il la désirait. Il la voulait, là, sur le bureau. Tout de suite.

— Merci, dit-elle, d'un ton professionnel qui le frustra encore plus. Que puis-je faire pour vous?

— Pour commencer, vous pouvez me dire si vous comptez rester ici, à la *Transco*.

Elle hocha la tête. Il vit ses cheveux cuivrés briller et bouger contre son cou.

— Je n'ai pas l'intention de partir. Pas pour le moment.

— J'en suis heureux. J'espère que je parviendrai à vous convaincre de rester définitivement.

— Rien n'est jamais définitif, monsieur Craig.

— Michael.

— Non. Vous étiez Michael. Maintenant, vous êtes M.Craig.

Il hocha la tête, très étonné par cette conversation. Il se demanda s'il devait lui parler de sa métamorphose, et décida que non. Mieux valait rester professionnel à tout prix, même s'il sentait son sang bouillir dans ses veines.

— C'est tout? demanda-t-elle d'un ton froid. J'ai beaucoup de travail.

Il chercha quelque chose à lui dire. N'importe quoi pourvu qu'elle reste. Lui demander de déjeuner avec lui ? Non. Ça ne marcherait pas. Le travail. Voilà.

— J'aimerais savoir sur quoi vous travaillez en ce moment, dit-il.

— Margaret achève l'état des travaux de notre département. Le rapport sera sur votre bureau à midi. Vous en recevrez un chaque semaine.

Bon Dieu ! Elle avait le dessus pour le moment. Il n'avait pas les idées assez claires pour trouver quoi que ce soit pour la retenir davantage.

— Très bien. Je vous remercie.

Elle le regarda dans les yeux un instant. Et il sentit la sueur lui couler dans le dos. Allait-elle dire quelque chose ? Non. Elle fit pire. Elle entrouvrit légèrement les lèvres, et en humecta le coin droit du bout de la langue. Il faillit gémir.

Emma pouvait à peine croire à ce qui arrivait. A l'évidence, il était fasciné. La magie avait marché, et elle se sentait réellement une autre femme. Assez forte pour affronter Michael Craig dans son bureau, se tenir très droite devant lui, fière, et utiliser son propre charme physique à son profit. Elle n'y avait pas vraiment cru jusqu'à ce qu'elle voie le visage de Michael. Mais maintenant...

Il réagissait à la nouvelle Emma d'une manière... évidente. Ce costume sombre ne pouvait pas tout cacher. Franchement, elle ne s'était pas attendue à une telle manifestation de désir. Et c'était merveilleux. Cela confirmait que cette force intérieure qu'elle éprouvait était réellement apparente.

Elle remarqua aussi qu'il transpirait. De petits filets de sueur lui coulaient sur les tempes. C'était encore mieux que ce qu'elle aurait jamais osé espérer. Et quand elle avait entrouvert les lèvres, il avait fixé sa bouche avec une sorte de fascination. Pour voir ce qui arrivait, elle bougea un peu vers la gauche. Il ne la quitta pas des yeux, et son regard bougea avec elle. Ça commençait à devenir amusant. Elle n'aurait jamais cru qu'il suffirait d'un peu de Mascara, d'une nouvelle coiffure et d'un tailleur rouge pour entraîner un changement aussi radical dans l'attitude des autres envers elle.

Mais il n'y avait pas que ça pour faire la différence. Il y avait aussi ce qu'elle avait éprouvé en se regardant dans le miroir, hier, chez le couturier. La femme qu'elle avait vue devant elle était une inconnue, et c'est elle qui semblait fasciner Michael. Emma n'aurait pas pu parvenir à un tel résultat. Mais cette femme, dans le miroir, pouvait absolument tout.

Même dans ses rêves les plus fous, elle n'aurait jamais soupçonné qu'elle pouvait avoir l'air aussi... sexy. Il n'existait pas de mot plus juste. Comme si ses pensées et ses désirs les plus secrets, ses fantasmes les plus torrides, étaient maintenant totalement à découvert. Elle était devenue la sensualité incarnée. Oh ! pas de quoi entraîner des accidents de la circulation dans la rue, non, elle n'était pas belle à ce point. Mais à une certaine distance, avec un certain genre d'homme, elle pouvait faire pas mal de ravages.

Et Michael faisait partie de ce... certain genre d'homme.

Pour le moment, mieux valait le laisser. Plus tard, quand elle aurait eu le temps de penser à la façon d'exercer ce nouveau pouvoir, elle le frapperait de nouveau. Ces deux derniers jours, au cours de sa transformation, elle avait trouvé cette idée de vengeance de plus en plus séduisante. Et après ce premier exploit, elle sentait qu'elle allait adorer ça.

Michael Craig ne se doutait pas encore de ce qui l'attendait. Comme promis par Christie, Emma allait le mettre à ses genoux.

Elle se dirigea directement vers lui. Et elle dut se concentrer sur sa démarche pour ne pas trébucher. Elle n'avait pas l'habitude de marcher avec des talons aussi ridiculement hauts. Mais cela l'obligeait à balancer les hanches, à se tenir très droite, la poitrine en avant. Mon Dieu ! elle marchait comme une vamp, comme une vraie séductrice. Elle faillit en rire tout haut.

A la dernière seconde, Michael s'écarta.

Elle passa tout près de lui, lui touchant l'épaule.

Puis, elle s'arrêta devant la porte, et se retourna. Se souvenant de l'attitude provocante de Lauren Bacall envers Humphrey Bogart dans certains vieux films, elle se pencha à peine en avant, et dit :

— Si vous avez besoin de quelque chose, monsieur Craig... appelez-moi.

Et lui tournant le dos, elle sortit du bureau.

Elle sentit le regard de Michael sur elle. Et elle eut toutes les peines du monde à ne pas rire avant d'avoir atteint le couloir, et la porte de son bureau.

Margaret renversa une partie de sa tasse de café sur la moquette gris perle sans s'en apercevoir. Et bouche bée, elle regarda Emma.

Christie poussa un cri. Un petit cri aigu. Elle leva les mains vers son visage, et poussa un autre cri.

Jane s'assit avec une exclamation étouffée.

Emma ferma la porte derrière elle. Elle se tourna un peu trop rapidement sur ses talons hauts, faillit tomber, et se rétablit de justesse.

— Je ne peux pas y croire ! s'écria Christie. Tu es splendide !

— Je suppose que c'est un compliment, fit Emma.

— Oui ! Oh ! oui, bien sûr ! Tourne un peu... Voyons ce que ça donne de dos...

Emma s'exécuta, un peu embarrassée, mais encore rose de plaisir après la scène avec Michael.

— Il t'a déjà vue ? demanda Jane.

Emma hocha la tête.

— Eh oui...

— Alors ?

Margaret se rendit compte que des gouttes de café tombaient encore sur la moquette. Elle posa la tasse sur son bureau, et alla chercher des serviettes en papier à l'autre bout de la pièce.

— Je ne l'aurais jamais cru si je ne l'avais vu de mes yeux, dit-elle en revenant avec un rouleau de papier. Emma, ma chérie, tu es une véritable apparition. Tu as toujours été jolie, mais là... tu es encore plus... tu es...

— Je sais, l'interrompit Emma. Comment vous expliquer ça ? J'ai l'impression d'être quelqu'un d'autre. Non, je suis réellement une autre. Et vous savez quoi ? C'est formidable !

— Je veux l'adresse de ce coiffeur, dit Jane.

— Raconte... Qu'est-il arrivé avec le patron ?

Christie prit le papier des mains de Margaret, et se pencha pour essuyer la moquette.

Margaret sourit, et s'assit.

Emma s'installa sur le canapé. Sa jupe remonta jusqu'en haut de ses cuisses et, en tirant dessus, elle pensa qu'il fallait qu'elle se souvienne de ce détail. D'habitude, elle portait des jupes longues et larges, jamais d'aussi courtes, ni d'aussi étroites.

— Il a paru... stupéfait, et même époustouflé. Je vous assure. On aurait dit que les yeux allaient lui sortir de la tête.

— Je le savais, assura Jane en rapprochant son fauteuil du canapé. J'imagine son air...

Emma secoua la tête.

— Je n'en suis pas sûre, Jane. C'était bien plus que tout ce que j'avais espéré. Il était... il était...

— Tant que ça ? fit Jane, les yeux écarquillés.

Emma hocha la tête.

— Seigneur ! Il faut aussi que tu me donnes l'adresse de l'institut de beauté.

Emma rit.

— Le plus bizarre, c'est que je m'en sors très bien. J'ai vu qu'il était au supplice, et ça me plaisait. Comme si j'étais une actrice. Je jouais une fille sexy, et c'était... très amusant. Ou plutôt, très excitant. J'ignore qui est cette fille, mais ce n'est sûrement pas moi.

— En tout cas, elle est sensationnelle.

Christie jeta les serviettes en papier à la corbeille, et s'assit à côté d'Emma.

— Et maintenant, qu'est-ce qu'on fait au patron ?

— Je n'en sais rien. Je n'ai rien prévu après cette première rencontre.

— J'ai obtenu quelques renseignements, dit Margaret.

Elle prit un épais dossier posé sur son bureau.

— Le dossier Michael Craig, annonça-t-elle. Toute son histoire est là-dedans. Et si je ne me trompe pas, nous avons tout ce qu'il nous faut pour lui faire mordre la poussière. Avant la fin de ce mois, Emma aura complètement tourné la tête de notre nouveau patron, il sera fou d'amour, et il la suppliera à genoux de lui accorder sa main.

Emma sourit.

Elle se leva, s'approcha de son bureau, ouvrit un tiroir et en sortit un paquet qu'elle avait rapporté de La Nouvelle-Orléans. Elle l'ouvrit lentement, et montra à ses amies la petite poupée vaudou. Puis, sans se presser, avec soin, elle écrivit un nom sur le buste de la poupée — « Michael » —, qu'elle brandit sous les yeux de ses amies, médusées.

— C'est parti ! dit-elle. Le jeu a commencé.

8.

Michael frotta sa nuque douloureuse tout en faisant
pivoter son fauteuil vers la fenêtre. A part quelques petits
nuages comme suspendus au-dessus des plus hauts
immeubles et des antennes de radio, le ciel de Houston
était parfaitement bleu. A l'est, un avion y laissait une
fine traînée vaporeuse. C'était une belle journée.

La douleur diminua un peu, et Michael soupira. Ce qui
s'était passé ici aujourd'hui le tourmentait terriblement, et
il ne savait vraiment pas quoi faire.

S'il s'était agi de travail, ç'aurait été infiniment plus
simple. Le monde des affaires n'avait plus aucun secret
pour lui. Il était, à tous les coups, certain de réussir. Les
plus graves menaces pesant sur l'une de ses sociétés ? Pas
de problème. Les pires difficultés pour acquérir une compagnie ? Du gâteau. Mais Emma !

En ce qui concernait Emma, le problème lui paraissait
insoluble. Et il devait bien reconnaître qu'il se sentait
complètement désemparé.

Il était encore stupéfait, ahuri même, par la réaction
qu'il avait eue en la voyant. Rien de tel ne lui était encore
jamais arrivé et, franchement, cela le mettait en rage. De
sa vie, il n'avait perdu la tête pour une jupe de femme,
même une petite jupe trop courte, et il n'allait pas commencer maintenant. Emma Roberts avait représenté un
agréable interlude. Elle tenait un rôle important dans la

compagnie, et c'était la seule raison pour laquelle il tenait à ce qu'elle y reste. Point final. Dans ces conditions, pourquoi ne pouvait-il penser qu'à elle, et pourquoi se sentait-il aussi agité à cause d'elle? voire sur des charbons ardents?

Probablement parce qu'il y avait trop de temps qu'il n'était pas sorti avec une femme — à part Emma, bien entendu. Voilà, il tenait la solution. Il pouvait résoudre le problème en un seul coup de téléphone.

Il posa son attaché-case sur le bureau, l'ouvrit, et y prit son carnet d'adresses. En tournant les pages, il élimina chaque nom féminin l'un après l'autre. Il arriva bientôt à la lettre Z, sans avoir eu envie de revoir aucune des femmes à qui il aurait pu donner rendez-vous.

Bon Dieu!

Il jeta le carnet d'adresses dans l'attaché-case, qu'il referma nerveusement.

C'était ridicule. Il ne perdrait pas une seconde de plus à se morfondre comme un adolescent malade d'amour. Lui, un amoureux transi? Sûrement pas. Même à l'âge de quinze ans, ça n'était pas du tout son genre.

Michael décrocha le téléphone, et dès qu'il eut Jim au bout du fil, il mit au point le programme des réunions indispensables pour le lendemain.

Emma Roberts n'allait tout de même pas s'installer comme chez elle dans ses pensées. La question était réglée. Il ne la laisserait plus empiéter sur son travail, ni grignoter son temps. Plus jamais.

Le portfolio sur Michael était un véritable chef-d'œuvre. Les informations sur son enfance, ses années de lycée, ses petites amies, ses débuts dans les affaires, y étaient consignées dans le moindre détail.

Ce n'était pas pour rien qu'elles appelaient Margaret la terreur d'Internet. Elle aurait mérité le grand prix de la fouineuse de choc sur la toile.

Emma referma le portfolio, et se laissa aller contre le dossier de son fauteuil. Baissant les yeux, elle pensa un moment à ce qu'elle ressentait en croisant les jambes comme elle venait de le faire spontanément. Bien sûr, c'était futile, un peu idiot comme pensée. Croiser les jambes ne représentait pas un événement vraiment très important. Mais c'était la première fois qu'elle le faisait. Du moins de cette façon. Elle ne savait pas pourquoi. Ce devait être à cause des vêtements qu'elle portait jusque-là, qu'elle s'asseyait — encore deux jours plus tôt — en une attitude très convenable, un peu guindée, les genoux serrés, les chevilles à peine croisées.

C'était mieux ainsi. Beaucoup mieux. Cela lui donnait de nouveau ce sentiment de pouvoir qu'elle avait découvert ce matin. Elle s'imagina assise en face de Michael pendant une réunion, les jambes croisées de cette manière. Elle attirerait son attention, c'était certain. Il ne verrait plus rien d'autre au monde.

Elle soupira.

Cela semblait tellement plus facile de penser à harceler cet homme, plutôt qu'à ce qui la tourmentait réellement. Comment oublier qu'elle avait été plus que consentante dans toute cette histoire ? En réalité, rien n'était vraiment la faute de Michael. Il n'avait eu qu'à s'approcher, pour qu'elle lui tombe entre les mains comme un fruit mûr.

Oui, mieux valait se concentrer sur la vengeance. Ce n'était peut-être pas très glorieux, mais quand tout serait fini, ce sentiment de honte, profond et écrasant, disparaîtrait lui aussi. Evidemment, elle n'en était pas tout à fait sûre. Mais elle l'espérait fortement.

Et surtout, elle en aurait fini avec cette obsession de Michael. Il serait définitivement banni de ses pensées, de ses rêves. Particulièrement de ses rêves.

Elle prit son sac, et y glissa le dossier constitué par Margaret, avec l'intention de l'étudier plus en détail ce soir. Elle trouverait son talon d'Achille, et elle s'en servirait. Pas de pitié — c'était sa nouvelle devise. Elle devait exécuter ce plan jusqu'au bout, pour se libérer, pour qu'il ne la hante plus jour et nuit. Elle allait arracher cet homme d'elle-même, de sa propre peau, de son esprit. En somme, le jeter dehors. L'oublier. Oui, elle devait tout simplement se libérer.

La réunion du comité de direction commença à 9 heures précises.

Tout le monde était présent. Michael, assis au bout de la table, bien sûr, Jim Cowling, le nouveau P.-D. G, les chefs de service et les directeurs d'équipe.

Emma choisit soigneusement sa place. Elle s'assit à la droite de Michael, assez près de lui pour le toucher.

Il l'avait à peine regardée, ce matin. Elle portait le tailleur bleu, encore plus séduisant que le rouge de la veille. Pas trop ajusté, et si elle se penchait en avant d'une certaine manière, le haut de ses seins apparaissait par l'échancrure du chemisier de soie blanche.

Elle avait bien l'intention de se pencher en avant de cette manière aussi souvent que possible, mais d'abord, elle devait s'habituer aux réactions de ses collègues.

Jim ne représentait pas un problème, puisqu'il ne l'avait encore jamais vue, et ne pouvait donc comparer son nouveau look avec l'ancien. Mais les autres... Elle avait l'impression de ne pas avoir seulement changé d'apparence, mais aussi de personnalité. A se demander ce que les gens pensaient d'elle avant ce matin. L'avaient-ils seulement remarquée jusqu'ici ? Il semblait bien que non.

Bob Jamison en avalait son café de travers. Ted Williams en bafouillait deux fois plus que d'habitude, le visage tout rouge.

Les femmes aussi réagissaient, et de manière bien

moins flatteuse. Sans être une amie intime, Alicia se montrait toujours aimable, mais elle avait à peine adressé la parole à Emma. Et Fran Bingle lui avait fait une remarque plutôt cinglante sur la longueur de sa jupe.

Aucune importance. Elle devait suivre son plan comme prévu, et rien ne l'en empêcherait.

Elle écouta Michael exposer l'ordre du jour.

Et profitant de ce que personne ne s'occupait plus d'elle, Emma mit sa stratégie au point. Par chance, Michael ne la regardait pas, lui non plus.

Elle prit son temps. Inutile de tout gâcher en se montrant impatiente. Une heure et quart passa, avant qu'elle ne se décide à bouger.

Alors, la jambe droite sur la gauche, elle se pencha légèrement en avant, baissant les bras de manière à ce que Michael ait une vue plongeante sur l'ouverture du chemisier de soie blanche, sans que personne d'autre ne s'aperçoive de la manœuvre.

Mais ce n'était que le début, une sorte de préambule à ce qui allait suivre... Elle se rapprocha un tout petit peu de lui en tendant la main gauche vers son escarpin à haut talon droit, qu'elle enleva en avançant le pied moulé par le bas, vers la jambe de Michael.

Il se figea lorsqu'elle le toucha. Il s'immobilisa tout à fait, s'arrêta un très bref instant au milieu d'une phrase — à ce moment-là, il parlait des prix du transport maritime. Elle vit qu'il rougissait, pas autant que Ted, mais quand même de manière visible. Ses joues et son front se colorèrent de rose.

Puis, il continua vaillamment, en articulant très bien dès qu'elle commença à bouger le pied. Elle sentit les jambes musclées sous le pantalon, et lui caressa le mollet du talon.

Michael toussota. Comme il ne la regardait toujours pas, elle ne put s'empêcher de sourire. Tout en se demandant si elle n'en faisait pas un peu trop, elle était terriblement impatiente de voir ce qu'il allait faire quand elle irait encore plus loin...

Bougeant lentement, elle parvint au genou, mais ne s'y attarda pas. Ce n'était pas le genou qui présentait de l'intérêt, mais l'intérieur de la cuisse.

Elle jeta un coup d'œil rapide autour de la table. Aucune des personnes présentes ne semblait consciente de ce qui se passait. Seule Fran paraissait intriguée, mais elle observait Michael, et pas Emma.

Quand Jim se mit à parler, Emma garda la même position. Mieux valait attendre pour aller jusqu'au bout, que Michael reprenne la parole, et que tous les yeux soient de nouveau braqués sur lui. Elle passa lentement le bout du pied le long de la cuisse, le caressant très légèrement des orteils.

Ce qu'elle n'avait pas prévu, c'est cette chaleur qui montait maintenant en elle depuis son ventre, et se répandait au reste de son corps. Sa respiration s'accéléra légèrement, et elle eut l'impression qu'elle rougissait un peu. C'était parce qu'elle touchait Michael à l'insu de tous, voilà tout. Des réactions parfaitement compréhensibles, étant donné les circonstances. Non, elle n'était pas excitée. Impossible.

Pourtant, comme son pied bougeait lentement, centimètre par centimètre, vers la jonction des cuisses, elle sentit son cœur battre de plus en plus vite. Elle s'arrêta, plus très sûre de vouloir continuer. Et soudain, Michael reprit la parole.

Elle déglutit en s'efforçant de recouvrer son sang-froid. Et elle dirigea le pied directement vers sa cible. Ce n'était pas facile. Sans la souplesse acquise au cours de toutes ces années de danse classique, elle n'y serait jamais parvenue. Silencieusement, elle remercia Mme Kieslev, son professeur de danse.

Après une dernière et délicate petite manœuvre, elle finit par le toucher... là. Du bout du gros orteil. Immédiatement, il serra les jambes l'une contre l'autre, et le pied d'Emma se retrouva pris au piège.

Elle vit Michael rougir. Et elle tourna la tête sur le côté, pour que les autres ne puissent voir qu'elle rougissait elle aussi. Elle ne put s'en empêcher, alors qu'elle venait de découvrir l'effet que faisait à Michael ce petit ballet — une chorégraphie audacieuse et tout à fait inédite, qui ne devait rien à l'art de Mme Kieslev.

Il s'éclaircit la gorge.

Ted toussa.

Quelqu'un apporta du café.

Finalement, Michael ouvrit les jambes, mais au lieu de le laisser, elle avança le pied encore un peu plus. Oh !... Il n'était pas indifférent au talent d'Emma, loin de là. Elle espéra qu'il n'y aurait pas le feu aux bâtiments, car elle doutait que Michael Craig soit capable de se lever en ce moment, même pour sauver sa propre peau.

Elle le tenait. Exactement comme elle le souhaitait. Et c'était vraiment délicieux. Le métier de séductrice avait ses bons moments. A coup sûr, celui-ci en était un, et des meilleurs.

— Je crois que ce sera tout pour aujourd'hui, déclara soudain Michael.

Emma retira brusquement le pied.

L'expression du visage de Jim Cowling était impayable, avec les yeux comme des soucoupes et la bouche ouverte. Elle se rendit vite compte que tous les autres avaient le même air.

Michael repoussa son fauteuil.

Emma crut un instant qu'il allait se lever, mais non. Il regarda son équipe, l'air de dire que si le quart seulement de l'ordre du jour avait été évoqué, il avait appris l'essentiel de ce qu'il voulait savoir, et que la réunion était ajournée.

— Quand voulez-vous que nous reprenions, Mike ? demanda Jim.

— Je vous le ferai savoir.

Un long silence suivit, pendant lequel Emma remit sa chaussure. Elle n'osait regarder personne en face, de peur de rougir. Aussi se mit-elle à feuilleter son agenda pendant que les membres de la direction quittaient la pièce l'un après l'autre.

Lorsqu'elle se leva, Michael dit :

— Pas vous, mademoiselle Roberts. J'aimerais que vous restiez.

Emma déglutit péniblement, et se rassit. En regardant Fran se diriger vers la porte, elle regretta de ne pas avoir assez de cran pour se lever et courir vers la sortie. Mais non, elle ne pouvait pas faire une chose pareille. Il était encore son patron. Et il venait de lui demander de rester devant toute l'équipe. Elle était coincée.

En entendant la porte se refermer, elle sursauta. Ils allaient parler, et elle savait l'effet que lui faisaient les mots de Michael Craig. Il fallait qu'elle redevienne au plus vite la nouvelle Emma, où tout était perdu. Elle croisa les jambes. Et elle laissa sa chaussure danser dans le vide, en équilibre sur ses orteils.

— Vous voulez bien me dire ce que tout cela signifie ?

Aspirant une grande bouffée d'air, elle expira lentement, et leva la tête pour le regarder. Elle vit à ses yeux qu'il ne s'agissait pas de simple curiosité, mais que la question était brûlante.

— Alors ?

Elle eut un petit sourire de chat.

— Non, je ne veux pas vous dire ce que ça signifie. Pourquoi ne pas le deviner vous-même ?

Il se leva, et elle évita gentiment de regarder la partie inférieure du corps de son patron.

— Très bien, dit-il.

L'air soudain malheureux, il soupira.

Et elle se sentit parfaitement à l'aise et sûre d'elle. Quand elle était cette Emma-là, elle n'avait plus aucun scrupule à jouer toutes ses cartes jusqu'au dernier as.

— Pourquoi tout ça, Emma, reprit-il, sinon pour me provoquer et me faire sortir de mes gonds ?

— Que voulez-vous dire ?

— La coiffure, le maquillage. Ce tailleur.

— Ce vieux tailleur ? Il est dans ma penderie depuis des siècles.

— Vous mentez.

— Pardon ?

— Vous n'aviez jamais mis une tenue comme celle-ci de votre vie. Jusqu'à hier. Et je crois savoir pourquoi vous la portez maintenant.

— Dites-le-moi, professeur. Ça m'intéresse énormément.

Il s'approcha d'elle, et elle dut rassembler tout son courage pour ne pas se lever et fuir. Baissant les yeux sur sa chaussure, elle essaya de se souvenir qu'elle se sentait toute-puissante un moment plus tôt. Mais quand il fut tout près d'elle, quand elle sentit l'odeur de son after-shave, et la chaleur de son corps, la nouvelle Emma disparut tout à fait, laissant l'ancienne Emma se débrouiller toute seule.

Elle sentit ses joues devenir brûlantes, le souffle lui manquer, comme pendant le week-end à La Nouvelle-Orléans. Elle reconnut la charge électrique qu'il suscitait en elle dès qu'il était proche.

— Vous voulez que je tombe amoureux de vous, Emma Roberts, dit-il d'une voix basse et exaspérée.

Il se pencha, la bouche à quelques centimètres d'elle.

— Je crois que vous voulez que je vous désire, afin de pouvoir m'envoyer me faire pendre ailleurs.

Elle essaya de rassembler ses pensées. Et c'était difficile alors qu'il se tenait si près d'elle.

L'air conditionné ne marchait-il plus ? Elle étouffait, et elle sentait de petits filets de sueur lui couler dans le cou. Elle ouvrit la bouche, prête à tout lui avouer, quand elle se souvint des paroles de Margaret. « N'oublie pas ce qu'il t'a fait, Emma. Il t'a utilisée pour acheter la compagnie. Il t'a séduite pour que tu lui confies tes secrets. Il t'a fait croire qu'un homme comme lui... »

— Ne soyez pas ridicule, répliqua-t-elle d'une voix forte, fière, qui le remettait d'emblée à sa place. Je m'amusais, c'est tout. Je suis étonnée que vous ayez pu penser autre chose. Vous êtes si fort à ce genre de petit jeu.

— Ainsi, c'est une vengeance.

— Une vengeance? Quel mot affreux!

— C'est bien celui qui convient.

— Si vous voulez l'appeler comme ça...

— Et comment l'appelleriez-vous?

Emma se leva, et s'approcha de lui jusqu'à ce que ses seins le touchent. Puisqu'elle y était, elle bougea aussi le genou. Pas trop. Juste assez pour lui effleurer la partie la plus indépendante de son corps. Et constater qu'il la désirait toujours.

— Je dirais que je me place à égalité sur le terrain de jeu, monsieur Craig. Souvenez-vous, j'ai l'avantage d'être chez moi, ici.

Il baissa les yeux vers elle. Des yeux voilés de désir, mais avec quelque chose d'autre — avec le souvenir de ce qu'ils avaient partagé. Il l'avait vue dans un état de vulnérabilité absolue. Quoi qu'elle fasse pour l'épater, il aurait toujours cela d'elle.

Au lieu de l'affaiblir, cela renforça la détermination d'Emma. Ce serait bientôt lui, le plus vulnérable. Qu'il le veuille ou non, elle aurait cela de lui.

— Qu'est devenue l'ancienne Emma? demanda-t-il, toujours à voix basse. Reviendra-t-elle un jour?

— Elle est à La Nouvelle-Orléans, répondit-elle. Parmi des bateaux de pirates, avec Bacchus et Cupidon lançant ses flèches vers le ciel.

— Je n'ai pas cessé de penser à elle, dit-il en lui posant une main sur la joue.

Il la caressa doucement et, les yeux fermés, elle oublia

tout un instant. Le contact de cette paume sur sa peau réveilla une foule de souvenirs en elle. Le grand lit. Les bras de Michael autour d'elle. Ses propres gémissements.

Quand elle ouvrit les yeux, il la fixait toujours. Et inexplicablement, elle vit dans ses yeux le reflet de son propre désir. Etait-ce possible ? N'avait-il pas obtenu ce qu'il voulait ?

Puis, elle se souvint qu'elle le mettait au défi de la désirer, avec ces vêtements neufs, ses cheveux coupés, cette nouvelle démarche. Qu'espérait-elle donc ?

Pas cela.

Pas cette douleur qu'elle voyait dans les yeux de Michael. Elle s'était attendue à ce qu'il la désire, et il éprouvait à l'évidence bien plus. Elle le savait, puisqu'elle éprouvait les mêmes sentiments.

Elle recula. Mais il lui prit la main, l'attira de nouveau contre lui.

— Vous sentez cela, Emma ?

Oh ! oui, bien sûr. Il n'existait plus de distance entre eux, et le désir de Michael était plus évident que jamais. Seulement maintenant, il ne s'agissait plus d'un jeu.

— C'est l'effet que vous me faites, Emma. Comme vous êtes maintenant, ou comme vous étiez à La Nouvelle-Orléans. Et vous devriez être plus prudente avec l'action que vous avez sur moi.

— Et sinon ?

— Sinon, vous pourriez découvrir l'effet que je vous fais.

9.

Emma perdit tout son courage, et sa détermination s'envola.

Dès qu'elle touchait Michael, elle se retrouvait sans défenses contre la chaleur de son regard et le pouvoir de ses mots. Elle se sentit soudain perdue et impuissante, comme une enfant qui essaie de jouer à la grande personne, et qui n'y parvient pas.

— Laissez-moi partir, dit-elle.

Il ne bougea pas, mais la serra un peu plus fort. Voyant qu'il entrouvrait les lèvres, elle sut qu'il allait l'embrasser. Qu'il le fasse, et elle devrait s'avouer vaincue. Il ne lui restait qu'une petite chance de sortir de cette impasse avec un espoir de victoire. Mais il fallait agir vite. Une seconde de plus, et ce serait trop tard.

Elle devait prendre l'offensive.

Avant qu'il n'approche davantage la tête, elle retrouva son courage, et prit l'initiative — elle l'embrassa.

Elle l'embrassa passionnément, de toute la puissance des rêves qu'il avait brisés. Elle l'embrassa en se souvenant de sa nuit de Cendrillon. Elle l'embrassa comme si ses lèvres pouvaient le réveiller d'un très long sommeil, et le libérer. Sans lui laisser une seule chance de résister.

Michael s'écarta. Il recula afin de mettre un peu de distance entre eux, et elle continua à l'embrasser. Bon Dieu ! elle l'avait encore une fois pris au dépourvu, et mis à genoux. Ce baiser mettait l'esprit de Michael en bouillie, et réduisait toutes ses résolutions en miettes.

Il la désirait si violemment qu'il ne pouvait plus parler. Avec ses lèvres humides et entrouvertes, son regard plein de défi, elle n'était que sensualité et désir, et il se sentait totalement incapable de lui résister.

Pour lui, il ne faisait aucun doute qu'elle pouvait l'avoir quand elle voulait. Il ferait tout ce qu'elle lui demanderait. Tout. Il arrêterait un train lancé à toute allure, une balle de fusil dans sa trajectoire. Il ferait tout si, en échange, il pouvait la prendre dans ses bras, la coucher dans son lit et lui faire l'amour.

Michael s'était moqué des autres hommes, et de leurs obsessions sexuelles. Il les avait traités de faibles, de pantins sans caractère ni volonté. Maintenant, il comprenait. Il n'avait pas le choix. Son désir d'Emma était aussi réel et concret qu'immuable.

Il tressaillit en se rendant compte qu'il ne s'agissait pas seulement de séduction sexuelle. C'était devenu bien plus profond que cela.

Il était fasciné par les deux aspects de cette femme énigmatique. A La Nouvelle-Orléans, il l'avait connue douce et fragile, et voilà qu'elle révélait maintenant une propension et beaucoup de talent pour un érotisme délibéré. Un alliage explosif qu'il n'avait vu qu'en rêve, et parfois au cinéma, et qu'il n'aurait jamais cru trouver chez une femme dans la vraie vie. Et voici que cette femme extraordinaire se tenait devant lui. Le seul problème, c'est que désormais, c'était elle qui menait le jeu.

— Je dois reprendre mon travail, dit-elle.

Il entendit un léger tremblement dans sa voix. Et il comprit qu'au fond d'elle-même, elle n'avait rien d'une femme fatale. La fille aux yeux candides de La Nouvelle-Orléans était toujours là, en elle, malgré ce corps de vamp. Mais il ne savait pas si elle se rendait bien compte de la réussite de son numéro de séductrice. En fait, il en doutait. Si elle avait su ce qu'il pensait, elle aurait eu un rire de triomphe au lieu de lutter pour conserver son attitude.

— Très bien, répliqua-t-il. Et n'oubliez pas ce que je vous ai dit. Soyez prudente.

Elle serra les lèvres.

— Merci pour ce conseil. Mais il est inutile. Je sais très bien ce que je fais.

Michael sourit. Dès qu'il ne se trouvait plus trop près d'elle, il retrouvait sa capacité de penser de manière rationnelle et efficace.

— Oui ? Pourquoi ne pas le vérifier ?

Emma pencha la tête sur le côté, en attendant qu'il continue. Il la laissa patienter un instant.

— Dînez avec moi, ce soir, dit-il finalement avec un petit sourire de défi.

— Vous plaisantez ?

— Vous êtes pleine d'assurance, vous maîtrisez n'importe quelle situation, et vous ne pourriez passer un moment avec moi ? Je ne peux pas le croire. Un petit dîner... ce n'est rien pour vous. Du gâteau.

Elle détourna le regard, mais un très bref instant. Le problème de la nouvelle Emma, c'était l'endurance. Elle ne pouvait plus continuer à jouer son personnage quand les choses devenaient un peu trop risquées.

Voilà qui était bon à savoir pour Michael.

— En effet, assura-t-elle. Si j'en avais envie. Mais ce n'est pas le cas.

— Vous n'en avez pas envie ? Ou vous avez peur ?

— Je sais bien que vous essayez de m'appâter.

— Vraiment ?

— Oui. Je le vois à vos sourcils.

— Comment ça ?

— Le droit est toujours levé quand vous jouez ce petit jeu-là.

Du doigt, elle désigna le visage de Michael.

— Vous voyez ? Comme ça.

Il rit.

— Mes sourcils ne sont pas la partie de mon corps dont il faut vous méfier le plus.

Elle croisa les bras. Et il perdit aussitôt l'avantage, car ainsi, elle laissait voir la naissance de ses seins. Bon sang ! Elle était terriblement féminine dans cette blouse blanche... Et tout aurait été bien plus facile pour lui, s'il n'avait pas déjà senti sous ses doigts le satin de cette peau, ni goûté à la douceur de ces seins ravissants.

— Je ne me méfie d'aucune partie de votre corps.

— Non ?

Le regard d'Emma glissa jusque sous la ceinture de Michael, et remonta très vite à son visage. Cela dura à peine le temps d'un battement de cœur. Mais il le remarqua. Il en eut d'ailleurs la confirmation en la voyant rougir.

— J'ai passé un moment délicieux, mais maintenant, je dois vraiment me remettre au travail, déclara-t-elle.

Elle se retourna, et s'il n'avait pas fait un pas de côté pour lui barrer le passage, elle serait sortie.

— Mon chauffeur passera vous prendre à 8 heures.

— Je ne dîne pas avec vous.

— Mettez quelque chose...

Il la regarda de la tête aux pieds, lentement.

— Oh ! vous savez très bien comment vous habiller, acheva-t-il.

— Je vous répète que je ne dînerai pas avec vous.

— Si, vous viendrez.

— Pourquoi le ferais-je ?

Michael fit un pas vers elle, même s'il savait que c'était dangereux. Il suffisait qu'elle le touche pour qu'il devienne incapable de la défier. Et son propre plan risquait alors de se retourner contre lui.

— Vous viendrez parce que vous ne pourrez pas supporter de ne pas savoir.

Elle déglutit.

Comme il la fixait dans les yeux, il vit ses pupilles se dilater, et il eut soudain l'impression de lire en elle à livre ouvert. Il y avait en elle de la peur et de l'excitation. La même excitation que celle qui le tourmentait lui-même.

— Ne pas savoir quoi ? demanda-t-elle après un silence.

— Qui de nous deux va gagner.

— Pas question. Je n'irai pas.

— Si, tu iras. J'en suis certaine.

Emma lança un regard mauvais à Margaret.

— Dans ton plan, tu n'as prévu nulle part que je le verrais à l'extérieur des bâtiments de la *Transco*.

— Ce n'est qu'un dîner.

— Oui, mais un dîner avec lui. Ce qui fait une sacrée différence.

— Tu t'en sortiras très bien.

— Ah.

— Tu peux le faire, Emma. Regarde ce que tu as déjà réussi.

— Oui, je me suis ridiculisée devant tout le monde. Je n'ose même pas imaginer les rumeurs qui doivent circuler sur moi, maintenant.

— Je n'ai entendu parler de rien.

— Evidemment. Personne ne risque de t'en parler. Pas à toi.

— J'ai mes sources.

Emma soupira. C'était la pure vérité. Margaret était l'être humain le mieux renseigné de la planète sur n'importe quel sujet.

— Dis-moi plutôt comment tu vas t'habiller, ce soir...

Emma glissa ce qui restait de son sandwich dans le sac de papier brun. Décidément, elle n'avait pas faim. A vrai dire, elle ne se sentait pas très bien. Mais la perspective de sortir avec Michael aurait suffi à envoyer n'importe qui à l'infirmerie. Et elle s'étonnait de ne pas avoir déjà une crise d'urticaire, de ne pas encore être agitée de tics nerveux irrépressibles, ou prise d'une de ces fortes fièvres qui font délirer et claquer des dents.

— Alors ? Que vas-tu mettre ?

Elle regarda Margaret, qui achevait de manger une barquette de spaghettis.

— Mes habits de tous les jours.

— Quoi ?

— On inaugure un *McDonald's* dans la Quatrième Rue. Je parie que c'est là qu'il a l'intention de dîner.

— Oh ! arrête, Emma. A mon avis, tu devrais t'habiller de noir. Christie a bien dit que tu avais acheté une petite robe sans bretelles, non ?

— Et avec ça, que prendrez-vous ? Des frites ?

— Oui, la robe noire sans bretelles va le rendre fou. Et les talons de dix centimètres de haut.

— Voulez-vous une double portion de frites ?

— Tu pourrais aussi relever tes cheveux. Un chignon sur la nuque, avec quelques mèches qui retombent autour du visage. Ah ! et les yeux... Surtout, ne lésine pas sur l'ombre à paupières.

— On dirait que ce repas d'inauguration vous plaît... Combien allez-vous en avaler, ce soir ?

— C'est bientôt fini, Emma ? s'écria Margaret en prenant son air sévère.

— Ne t'énerve pas... Je répète, c'est tout. Honnêtement, je crois que je vais m'en sortir. Je sens que je vais être formidable.

— Tu te dérobes, tout simplement. Tu choisis l'esquive.

— Pourquoi pas ? Je ne perds pas grand-chose... un dîner au *McDonald's*...

— Tu dois suivre le plan jusqu'au bout, chérie. Et jusque-là, tu te débrouilles très bien. Tu te souviens comment il a réagi hier ? Et ce matin ? Tu l'as emmené exactement là où tu le voulais. Tu ne peux pas abandonner maintenant.

— Si. Laisse-moi arrêter. Je t'en supplie.

— Il n'en est pas question, fit Margaret d'un ton autoritaire. Je ne veux pas remuer le couteau dans la plaie, mais cet homme mérite bien pire encore, Emma. Penses-y.

Emma réfléchit un moment, et son courage faiblit encore. L'excitation et la peur qui faisaient partie de sa nouvelle identité avaient fait d'excellentes diversions. Pendant qu'elle était nerveuse, et qu'elle essayait de se montrer courageuse et sexy, elle oubliait les détails de l'humiliation qu'elle avait subie. C'était probablement le meilleur côté du plan. Mais maintenant qu'on la ramenait brutalement à la réalité, des souvenirs affreux la submergeaient. Et au lieu de la galvaniser, ils lui donnaient une folle envie de rentrer chez elle, de se mettre au lit et de rester longtemps, très, très longtemps enfouie sous les couvertures.

— C'est le seul moyen, chérie, dit Margaret gentiment.

— Il y en a sûrement d'autres.

Margaret lui prit la main.

— Non. C'est le seul moyen que tu aies d'en sortir tout entière.

Emma leva les yeux, et regarda son amie en face.

— C'est trop tard. Je ne serai jamais plus tout entière.

— Je n'en crois rien. Et tu ne peux pas te le permettre, toi non plus. Maintenant, dis-moi comment tu vas t'habiller.

Emma ferma les yeux. Aussitôt, elle vit l'image de Michael. Torse nu, terriblement attirant, il la désirait. Elle ouvrit les yeux.

— La robe noire sans bretelles, et les talons de dix centimètres.

— Enfin, je te retrouve.

Emma baissa les yeux sur ses mains.

— Oui, mais je suis morte de peur.

— Je sais. Et il ne faut pas. Tu vas te montrer formidable.

— Formidable? Je crois que je ne sais plus ce que ça veut dire.

— Ça signifie que tu vas prendre à bras-le-corps une mauvaise situation, et la retourner complètement à ton avantage. Que tu ne vas pas fuir la queue entre les jambes.

Emma hocha la tête mais, à cet instant, tout cela ne lui semblait plus très important.

— Tu veux savoir la vraie raison pour laquelle tu fais tout ça? reprit Margaret.

Elle leva les yeux, regarda Margaret.

— Oui, pourquoi?

— Parce que, depuis toujours, il y a en toi une femme incroyablement dynamique qui essaie désespérément de se faire connaître. Elle a été patiente, peut-être un peu trop patiente, mais je pense qu'elle savait qu'un jour ou l'autre, elle aurait une chance de voir le jour. Elle t'a laissée porter tes jupes longues et tes chemisiers informes. Elle t'a vue cacher ta fabuleuse intelligence sous une timidité de petite fille. Mais maintenant, elle ne se taira plus jamais. Elle... enfin, tu dois savoir que la nouvelle Emma, comme tu l'appelles, c'est toi. Et depuis toujours. Il y a longtemps que nous l'avons compris.

Emma sentit des larmes lui emplir les yeux. Une partie d'elle-même voulait quitter la pièce au plus vite, mais l'autre partie — celle qu'elle était réellement, selon Margaret — savait qu'elle venait d'entendre la vérité.

— Je m'y perds, avoua-t-elle en un murmure rauque.

— Tu ne devrais pas. Cela peut te flanquer la frousse, mais il n'y a rien que tu ne puisses surmonter et vaincre. Il est temps que tu te décides à être toi-même. Il est grand temps. Tu ne vas tout de même pas te laisser faire par cette espèce de bandit, et t'imaginer, à cause de lui, que tu n'es plus rien, et que ta vie est finie ? Il n'en vaut pas la peine, je t'assure. Et d'ailleurs, personne ne vaut la peine qu'on renonce à être soi-même. Tu es bien d'accord ?

Emma hocha la tête et, du revers de la main, elle essuya les larmes qui coulaient sur ses joues.

— Oui, mais si c'est vraiment un bandit, pourquoi est-ce que j'éprouve cette espèce de douleur lancinante au plus profond de moi ?

Margaret haussa les épaules.

— Qui peut dire d'où viennent exactement nos émotions, et pourquoi elles nous font tel effet plutôt qu'un autre ? De toute façon, les sensations ne sont que... des sensations. Et tu ne dois pas conformer tes actes à tes sensations. Tu dois suivre ta tête, Emma. Pas ton cœur. N'oublie pas que ton cœur ne t'a pas fait de cadeaux, ces derniers temps, et qu'il ne t'a pas simplifié la vie.

— Oh, ça, non !

— Et ce n'est pas une raison pour avoir l'air aussi triste. Pense un peu à ce que tu ressens dans ces nouvelles sapes. A la force que tu te découvres quand tu te sers de tes charmes de femme. Tu ne te sens pas mieux ?

— Si, mais seulement un moment. Je me souviens vite que c'est moi qui suis sous le maquillage, et je perds de nouveau tous mes moyens.

— Avec ou sans maquillage, tu es la même. Tu es toi. Ne te dénigre pas.

— J'essaierai.

— Non, tu ne vas pas essayer, tu vas... ne pas le faire du tout. Et maintenant, passe-moi le portfolio de Michael, tu veux bien ? Je dois y rajouter des données que j'ai obtenues ce matin. Ça va t'intéresser, tu vas voir...

**

Michael allait et venait entre la table de sa salle à manger et la fenêtre la plus éloignée. Il faisait le même parcours depuis une heure, et cela devait représenter bien plus de cinq kilomètres maintenant. Mais impossible de rester assis. Il ne tenait pas en place.

Il pouvait appeler Eddie. Le téléphone sonnerait à l'avant de la limousine. Emma ne le remarquerait probablement pas. Si elle était dans la voiture, bien sûr. Oui, mais si elle y était et si elle voyait Eddie au téléphone, elle saurait que c'était Michael qui appelait pour s'assurer qu'elle se trouvait vraiment là. Cela donnerait un avantage à Emma. Non, il ne pouvait pas faire ça. Ce soir, il ne devait pas gaspiller ses atouts, mais les garder précieusement dans sa manche.

Elle le battait à plate couture en termes d'armes stratégiques. Son corps merveilleux valait à lui seul une ogive nucléaire. Ce qui, combiné avec sa colère, faisait d'elle un adversaire vraiment à la hauteur. Un défi, certainement. Et il gagnerait. Il la prendrait. Il le fallait, car continuer comme ça était inacceptable. Il ne pouvait plus se concentrer sur son travail. Il avait abrégé une réunion des plus importantes. Il ne mangeait plus, ne dormait plus. Il était temps d'écraser tout ceci dans l'œuf. Et il le ferait dès ce soir.

Il regarda la table du dîner, mise à la perfection par sa gouvernante. Bougies, porcelaine de Chine, fleurs. La musique qu'il avait choisie était lente et sensuelle. Parfaite, elle aussi. Le champagne frappé dans le seau à glace et, dans le four, un dîner raffiné de chez La Griglia, le meilleur traiteur de Houston. Tout était prêt. La partie pouvait commencer. Il ne manquait plus que la principale joueuse.

Le plan de Michael était simple. Il ferait l'amour à Emma une dernière fois. Et il en finirait une fois pour toutes avec cette histoire. Il lui ferait comprendre que quand on jouait avec Michael Craig, il valait mieux savoir à l'avance où l'on mettait les pieds, et à quoi l'on s'exposait.

Elle verrait qu'il n'était pas un homme qu'on traitait à la légère. Il allait se débarrasser de cette ridicule obsession. Et il était sûr que lorsque ces absurdités seraient réglées, ils pourraient fort bien travailler ensemble. Elle se rendrait compte que ce qu'il avait fait à La Nouvelle-Orléans n'était pas le crime du siècle. En lui faisant l'amour ici, à Houston, il lui prouverait qu'il n'avait pas couché avec elle simplement pour obtenir des renseignements. Elle ne manquait certes pas d'intelligence. Elle comprendrait.

Une fois de plus, il consulta sa montre. Cinq minutes avaient passé depuis la dernière fois. Elle aurait dû être arrivée, maintenant. La circulation n'était tout de même pas bloquée. Il allait appeler Eddie. Oui, Eddie serait discret, comme toujours.

Michael s'approcha du téléphone, et décrocha. Il commençait à composer le numéro quand la porte d'entrée s'ouvrit.

Emma entra.

Tous les plans et toutes les tactiques de Michael s'envolèrent. Elle avait gagné avant même de dire bonjour.

106

10.

Emma avait fait une erreur. Elle le sentit dès qu'elle entra dans l'appartement. Elle n'aurait jamais dû accepter de dîner avec Michael. La petite robe noire sans bretelles n'allait pas du tout pour une soirée avec l'homme qui se tenait devant elle. Pas quand il portait ce smoking, en tout cas. Si elle avait eu un peu de cervelle, elle aurait levé les mains en l'air pour s'avouer vaincue, et demandé grâce. Après tout, elle n'était qu'une humaine.

Debout près de la porte, elle examina aussi bien qu'elle le put le terrain où allait se dérouler la prochaine bataille. Son regard quitta Michael, bien que Christie lui ait répété cent fois qu'il fallait commencer par tâter le terrain avec lui. Et elle chercha des signes prouvant qu'il voulait lui plaire. Elle les trouva immédiatement. Des bougies, des fleurs, le champagne dans le seau en argent, le couvert mis pour deux...

Elle ne s'était rendu compte qu'ils allaient chez lui que lorsque la limousine s'était arrêtée devant l'immeuble. Et là, il était trop tard pour demander à Eddie de la ramener à la maison. Enfin, non, il n'était pas vraiment trop tard pour ça. Elle aurait pu insister. Mais Michael était si près, et elle portait cette robe...

Maintenant, elle songeait qu'elle aurait dû repartir, même s'il avait fallu rentrer chez elle à pied.

La musique suffisait déjà à lui faire perdre ses

moyens. Gato Barbieri. La musique du film *le Dernier tango à Paris*. Du jazz, comme Margaret l'avait prédit.

— Entrez, dit-il.

Emma sursauta. La voix de Michael la tira de cet état un peu brumeux dû à la panique. Heureusement, les paroles de Jane lui revinrent à la mémoire, et elle sut ce qu'elle devait faire. Restait à l'effectuer avec grâce, ce qui était une autre paire de manches, mais comme elle n'avait pas d'alternative, elle fut bien obligée de se lancer.

Elle sourit, espérant avoir l'air séduisant, et pas seulement un peu givré. Et elle s'avança en balançant les hanches, le dos droit et la poitrine en avant. Elle devait paraître complètement loufoque, mais c'était ce qu'il fallait faire, Jane avait été formelle.

La réaction de Michael la rassura un peu. Il fixait ses seins.

S'il les regardait encore une minute, il allait se rendre compte que ces rondeurs un peu trop généreuses étaient dues au soutien-gorge Wonderbra, et que dès qu'elle l'enlèverait, ces formes idéales disparaîtraient instantanément. Emma l'avait d'ailleurs fait observer à Jane. Celle-ci avait ri, avant d'affirmer que les hommes — à moins qu'ils aient moins de treize ans, ou qu'ils soient très âgés et séniles — se moquaient pas mal des moyens employés, du moment que le résultat final était là : des seins conséquents, c'est-à-dire gros et bien ronds. Jane était décidément une femme avisée.

Michael ne leva les yeux vers le visage d'Emma que lorsqu'elle atteignit le canapé. Alors, il parut se secouer, et il cligna des yeux plusieurs fois. Puis, il eut une sorte de petit sourire hésitant, un peu tremblant, avant de retrouver une expression plus calme. Ce fut du moins ce que crut voir Emma.

— Du champagne ? demanda-t-il.

Elle hocha la tête.

Selon les instructions de Jane, Emma devait boire lentement, à petites gorgées, une coupe de champagne. Une seule, pas plus. Et pas une goutte de vin. Elle aurait en effet besoin de toutes ses facultés.

Il se retourna pour ouvrir la bouteille de champagne, et elle en profita pour se détendre un peu, et laisser retomber les épaules. C'était épuisant de jouer la fille super sexy, surtout pour les muscles du dos. Emma prit aussi le temps d'examiner un peu mieux ce qu'elle pouvait voir de l'appartement où vivait Michael.

C'était splendide. Comme elle s'était attendue à un luxe plutôt tape-à-l'œil, elle fut surprise par tant de beauté. Le décor art déco ressemblait à Michael. Ce qu'elle n'avait pas prévu, c'était ce bon goût extraordinaire dans le choix des meubles, des objets, des œuvres d'art, et dans la manière de les disposer.

Une lampe Tiffany était posée sur une table, un bronze d'Erté sur une autre. Les tableaux qui ornaient les murs — des œuvres des plus grands peintres américains contemporains — n'étaient que quelques échantillons d'une collection beaucoup plus importante qu'il prêtait à divers musées. Elle reconnut deux Cassandre absolument magnifiques. Sur une autre table, Emma vit des cristaux de Lalique. Tout ici était bien plus raffiné qu'elle ne l'aurait imaginé.

— Ça vous plaît ?

Il s'approcha d'elle silencieusement, l'épais tapis étouffant le bruit de ses pas. La flûte de champagne qu'il lui tendit était également de Lalique. Elle eut presque peur de la prendre.

— Beaucoup, répondit-elle. Tout est merveilleux. Mais je crois que ce que je préfère, c'est le Frankl.

Elle désigna du regard le large ensemble de tiroirs juxtaposés en forme de gratte-ciel, qui occupait le centre de l'un des murs.

Michael leva les sourcils en une expression étonnée.

— Vous connaissez Frankl?

Emma hocha la tête, comme si elle connaissait le designer depuis sa naissance.

— Je l'adore.

— Vraiment? Je n'aurais pas pensé ça...

— Ah! non? Est-ce que j'ai l'air de quelqu'un qui ne connaît que les meubles en kit?

Il rit.

— Non. Surtout ce soir. Vous êtes d'une élégance éblouissante.

Elle baissa les cils — un exercice qu'elle avait fait au moins cinq cents fois, pour s'entraîner, ces trois dernières heures.

— Merci.

Et la tête toujours légèrement baissée, elle leva les yeux vers lui. Christie assurait que cette attitude était séduisante parce qu'elle semblait parfaitement naturelle. Emma eut simplement l'impression d'avoir l'air un peu idiot.

Il leva son verre.

— Aux belles choses, dit-il.

A son tour, elle leva lentement le sien vers celui de Michael. Le tintement des deux flûtes lui parut assourdissant. Et elle le regarda porter la sienne à ses lèvres, et boire, tandis que sa pomme d'Adam montait et descendait sur sa gorge. Sans trop savoir pourquoi, elle frissonna.

— Vous ne buvez pas, fit-il remarquer.

Emma but une gorgée, et elle comprit brusquement la raison de tout ce battage autour du champagne. A l'évidence, elle n'en avait jamais bu de vraiment bon avant cette minute. C'était le nectar des dieux. Elle but de nouveau, et ne s'arrêta qu'en voyant que Michael la fixait aussi attentivement qu'elle l'avait observé elle-même un instant plus tôt.

Embarrassée, elle se dirigea vers les fenêtres. D'ici,

l'on voyait toute la ville. Une vue à couper le souffle. Du moins Emma essaya-t-elle de se convaincre que c'était ce fabuleux paysage urbain qui l'empêchait de respirer.

Elle sentit Michael derrière elle, et elle aperçut son reflet dans la vitre. En le voyant si beau, si élégant, les souvenirs de leur week-end ensemble affluèrent à la mémoire d'Emma jusqu'à lui donner le vertige. Le quittant aussitôt des yeux, elle se regarda elle-même, et ne se reconnut pas.

A quoi jouait-elle ? A qui essayait-elle de raconter des histoires ? Cet homme lui avait volé son cœur. Elle devait le reconnaître. Leur histoire n'avait duré qu'un week-end, mais cela avait suffi pour qu'elle tombe éperdument amoureuse de cet étrange prince aux allures de beau ténébreux. Et quelle que soit sa propre apparence — sa tenue, sa coiffure, sa façon de se maquiller —, elle était toujours la même Emma, celle qui aimait un homme inaccessible.

Cette pensée l'apaisa, mais elle réveilla aussi sa colère. Pourquoi Michael Craig lui avait-il fait ça ? Pourquoi lui avoir laissé croire, ne fût-ce qu'une minute, qu'il l'aimait ? Il n'avait pas le droit de lui gâcher la vie de cette façon. Elle était parfaitement heureuse jusqu'à ce qu'elle le rencontre. Bon sang ! il méritait une bonne leçon, et pire encore.

Elle se retourna, et lui fit face.

— Vous m'avez convoquée. Je suis là. Quel est l'ordre du jour ?

Il parut un peu surpris. Elle espéra qu'il l'était réellement, car le déstabiliser constituait le principal objectif du plan.

— Je voulais que nous parlions.

— Je vous écoute.

— C'est au sujet de... ce que vous m'avez fait ce matin. Ce geste...

Elle rit, rejetant la tête en arrière, et ses cheveux — qu'elles avaient finalement décidé de ne pas relever, mais de laisser flotter sur les épaules — bougèrent avec souplesse.

— Il n'était destiné qu'à attirer votre attention, dit-elle.

Et elle sourit, comme si caresser son patron du pied à l'endroit stratégique, sous la table, en pleine réunion du comité de direction, était une bonne blague tout à fait courante.

— Ça a marché.

— Et alors ?

— Comment ça... et alors ? C'est justement ce que je vous demande.

Elle haussa les épaules.

— Et alors rien.

— Vous vouliez simplement attirer mon attention. Pendant une réunion. En présence de tous les membres de l'équipe du développement. Et alors que je n'avais encore jamais rencontré la moitié d'entre eux.

Le sourire d'Emma s'élargit.

— Oui.

Et elle but deux gorgées de champagne.

— Eh bien, vous l'avez.

— Quoi ?

— Mon attention. Qu'allez-vous en faire, maintenant ?

Elle le fixa gravement.

— Je ne l'ai pas encore décidé.

— Oh !

Emma secoua la tête.

— Non. Il y a plusieurs possibilités. J'espère que cette soirée me permettra au moins de savoir laquelle je vais choisir.

— Quelles sont ces possibilités ?

— Vous verrez bien.

Il ouvrit la bouche, la referma.

112

— Faites comme vous voudrez.

— J'en ai bien l'intention.

Michael leva la main, et repoussa une mèche égarée sur la joue de la jeune femme. Puis, ses doigts s'attardèrent sur le visage d'Emma, et il lui caressa légèrement le menton.

— Tout ça, c'est bien joli, Emma. Pour un moment. Mais il faudra finir par nous comprendre.

— Ah ! oui ?

Elle bougea la tête, s'éloigna des doigts de Michael. Ce n'était pas le moment de se laisser distraire. Pas maintenant.

— Et que devrais-je comprendre ? ajouta-t-elle.

— Que je vous ai fait l'amour pour des raisons... personnelles. Pas pour le travail.

— Oh ! d'accord. Je le comprends. Ça, je le comprends très bien.

— Je ne crois pas.

— Pourquoi donc ?

— Parce que vous êtes toujours en colère.

— Vous voulez dire que si je comprenais réellement vos motivations, je ne serais pas furieuse, c'est ça ?

Il se passa une main dans les cheveux, visiblement frustré.

« Parfait, pensa-t-elle. Je fais exactement ce qu'il faut... »

— Non, vous auriez toujours le droit d'être en colère, mais vous ne le seriez pas pour les mêmes raisons.

— Vous êtes étonnant. Vous pensez honnêtement pouvoir justifier ce que vous avez fait ?

— Si je me souviens bien, nous avons agi d'un commun accord.

Elle se raidit. Incroyable comme c'était facile d'être de nouveau la nouvelle Emma.

— Nous étions d'accord, oui, moi et l'homme que je

croyais avoir rencontré. Mais cet homme-là n'allait pas devenir mon nouveau patron.

— D'accord. Vous avez raison. Je me suis conduit comme un bandit. Un goujat. Un voyou. J'ai profité de la situation. Je m'en excuse.

— Oh! c'est trop facile, et beaucoup trop tard.

— Alors, que voulez-vous?

— Ce que je veux? Je veux revenir là-bas, et revivre ce week-end. Seulement, cette fois, il faudrait que vous me disiez la vérité. Cette fois, je ne serais pas aussi bêtement confiante.

Il s'approcha d'elle, si près qu'elle sentit la chaleur de son corps. De nouveau, il lui toucha le visage, lui posant la paume sur la joue. Avant qu'elle puisse l'arrêter, il se pencha et l'embrassa.

Un baiser très doux, aussi tendre que celui du premier soir, celui qu'ils avaient échangé sous la proue du bateau de pirates.

Puis, il s'écarta sans cesser de la regarder.

— Cette fois, vous viendriez dans ma chambre, Emma? dans mon lit? En sachant qui je suis? Ce que je fais? Vous répéteriez mon prénom, comme vous l'avez fait? Vous me rendriez fou de nouveau, Emma?

Non. Elle ne lui dirait pas la vérité. Impossible. Qu'elle le fasse, et il saurait que tout ceci était une comédie. Une façade pour l'aider à ne plus éprouver cette honte. Parce qu'en fait, elle savait qu'elle le suivrait de nouveau dans sa chambre, dans son lit. Et sans hésiter une seconde. Elle y serait même allée tout de suite, si seulement...

— Non, dit-elle. Je ne pourrais pas.

— Je ne vous crois pas.

— Comme vous voudrez.

— Pourquoi ne pas le reconnaître?

— Reconnaître quoi?

— Que ça vous a plu autant qu'à moi. Que c'était exceptionnel.

Elle soupira, regarda la table, les deux couverts, les bougies et les fleurs sans les voir. Et finalement, elle dit, sans lever les yeux vers lui :

— Très bien. Ça m'a plu. C'était formidable. Disons... onze sur dix.

— Allons, Emma. Ne faites pas ça.

Cette fois, elle le fixa durement.

— Ne faites pas quoi ? Vous m'avez menti, vous m'avez utilisée, j'ai trahi ma compagnie et mes amies... Et vous me dites de ne pas faire ça ?

Emma faisait fausse route, et elle le savait. Si elle ne s'arrêtait pas maintenant pour changer son fusil d'épaule, pour maîtriser sa colère, tout était fichu.

Elle dut faire un énorme effort de volonté pour cela, mais elle y parvint. Elle respira à fond, redressa le dos, se calma. Les ennuis ne faisaient que commencer pour M. Craig. Elle ne devait pas laisser déborder ses émotions. Et elle songea aux paroles de Margaret. « Les sensations ne sont que des sensations. »

Après une nouvelle gorgée de champagne, elle sourit. Un sourire naturel, tranquille. Pas contraint le moins du monde.

— Mais c'est une vieille histoire, n'est-ce pas ? Depuis, il est passé de l'eau sous les ponts. Et maintenant, nous devons travailler ensemble.

— Oui, dit-il, l'air soupçonneux. Je me demande pourquoi j'ai l'impression que ce ne sera pas facile.

— Peut-être parce que vous vous sentez coupable. Mais ne vous en faites pas. J'ai dit ce que j'avais à dire. En ce qui me concerne, c'est fini. Inutile de remettre ça sur le tapis.

Silencieux, il l'examina attentivement.

Ainsi, elle ne se souciait plus de tout cela. Quel soulagement. Il ne voyait plus aucune raison de s'inquiéter, car elle semblait parfaitement calme. Plus que calme. Tout à fait ailleurs.

— Je croyais que j'étais venue ici pour dîner, dit-elle.

— Bien sûr.

Il recula, un peu mal à l'aise. Elle pouvait se vanter de lui avoir sacrément embrouillé les idées... Il s'approcha de la table, lui avança une chaise.

— Asseyez-vous... Tout est prêt. Je n'ai plus qu'à sortir le dîner du four.

Le premier réflexe d'Emma fut de lui offrir son aide, mais elle se ravisa aussitôt, et ne dit rien. Une femme fatale ne s'occupait pas du dîner. Elle attendait qu'on le lui serve.

Elle s'assit, en s'assurant que sa jupe remontait assez haut, juste au-delà de la frontière entre la peau et les bas qui tenaient tout seuls à mi-cuisses. Une idée de Christie, la diablesse.

Comme il ne bougea pas pendant un moment, elle comprit qu'il avait vu ce qu'elle désirait lui montrer. Le plan marchait comme sur des roulettes, et à moins qu'elle ne le mette en péril en se laissant submerger par ses émotions, Michael serait complètement écrasé et réduit en bouillie avant la fin de la soirée.

Il toussota, et se dirigea rapidement vers la cuisine. Seule dans la salle à manger, Emma approcha sa chaise de la table, et réfléchit à ce qu'elle devait faire pendant le dîner. D'abord, jouer avec son verre à vin.

Elle fit glisser le bout de l'index sur le bord du verre. Très légèrement. Par ce geste, elle obligerait Michael à regarder ses mains, et ses longs ongles vernis de rouge. D'après Jane, il penserait alors aux autres choses qu'elle pouvait faire avec ses doigts. Des choses plus intimes.

Il revint avec deux assiettes, toutes les deux pour elle. Une de salade, l'autre de raviolis avec une sauce à la crème. Ça paraissait très appétissant, et ça sentait délicieusement bon.

Elle continua à passer le doigt sur le bord du verre. Lorsqu'elle leva les yeux, Michael fixait sa main d'un air rêveur. Emma ne put s'empêcher de sourire. Ses assistantes étaient fantastiques. Il fallait absolument qu'elles écrivent un livre sur le sujet.

Elle immobilisa le doigt et, cinq secondes plus tard, Michael clignait des yeux. Puis, il soupira, avant de se retourner et de repartir vers la cuisine.

De nouveau, il revint avec deux assiettes — salade et raviolis —, cette fois pour lui. Il les posa sur la table. Puis, il remplit leurs deux verres de vin rouge. Et regardant Emma, il sourit.

— Voulez-vous quelque chose d'autre?

Elle secoua la tête.

— Non. Tout ceci me paraît merveilleux.

— Merci. Ce n'est pas moi qui l'ai préparé.

— Oh?

Il s'assit en face d'elle.

— Désolé. La cuisine ne fait pas partie de mes spécialités. Mais je sais commander un bon repas.

— Au moins, vous connaissez vos défauts.

— En effet.

Il fallait maintenant attaquer le dîner. Et après le manège du verre, Emma ne se souvenait plus du tout de ce qu'il fallait effectuer. Posant sa main gauche sur ses genoux, hors de vue de Michael, elle jeta un coup d'œil sur la paume où elle avait inscrit quelques mots destinés à lui rappeler le déroulement des opérations, en cas de besoin. Au même instant, le mot « sensuel » lui revint à la mémoire.

Elle se tourna de nouveau vers Michael. Il tenait sa fourchette à la main, mais n'avait pas encore commencé à manger. Il était bien trop occupé à l'observer. Il voulait quelque chose à regarder? Il allait être servi.

Soulevant sa fourchette, elle la posa dans l'assiette, et découpa un petit morceau de ravioli. Lentement, très lentement, elle le porta à sa bouche en se penchant en avant. Michael aurait une vision claire de la naissance de ses seins et, en même temps, il pourrait la voir grignoter le morceau de ravioli du bout des lèvres en y mettant le plus de temps possible.

Il réagit comme prévu, et au quart de tour. Emma vit son regard aller des seins à la bouche, et de nouveau au décolleté. C'était vraiment presque trop facile. Comme donner un bonbon à un bébé. « Cet homme-là a beau être un magnat dur en affaires, pensa-t-elle, il est toujours un homme. Dieu bénisse la testostérone. »

Elle continua à manger de cette façon, prenant son temps, buvant parfois une gorgée de vin ou se tamponnant les coins de la bouche avec sa serviette.

Michael, lui, toucha à peine au repas. Il se taisait, et elle aussi, mais il se passait tant de choses qu'il parut ne pas le remarquer.

Quand elle eut fini, elle posa la fourchette, mit les coudes sur la table, et se pencha un peu plus en avant.

A cet instant, il posa son verre sur sa cuillère, et le renversa. Ce ne fut pas vraiment une catastrophe, car il ne restait qu'un peu de vin au fond du verre. Mais Michael se leva d'un bond.

Comme prévu par Christie à ce stade des opérations, il était complètement chamboulé.

— Je vais essuyer ça, annonça-t-il en se dirigeant vers la porte.

— C'était délicieux, Michael. Merci.

— Je vous en prie. J'apporte le dessert.

— Ce n'est pas la peine. Je crois que je ne pourrai pas avaler une bouchée de plus, dit-elle tandis qu'il disparaissait dans la cuisine.

Seule dans la pièce, Emma se leva, et attendit quelques secondes.

Puis, elle se pencha et se passa les mains sur la jambe gauche pour remonter le bas. Elle se concentra alors sur la bonne position à prendre, pour qu'il ait la vision d'elle qu'elle souhaitait lui donner. Et toujours penchée en avant, elle lissa lentement les bas, de la cheville jusqu'en haut des cuisses en remontant en même temps sa robe.

Quand elle se redressa, elle prit l'air surpris, comme si elle ne s'était pas rendu compte qu'il était revenu, et qu'il la contemplait. En fait, elle fut réellement étonnée de constater qu'il était très pâle, la bouche ouverte, et qu'il semblait avoir complètement oublié qu'il tenait une éponge dans une main.

— J'aime cette musique, dit-elle avec naturel, tout heureuse de reconnaître le morceau. J'ai vu Bolling lors d'un concert avec Rampal.

— Vous aimez le jazz? demanda-t-il en commençant à essuyer la tache de vin sur la nappe.

— Bien sûr. Surtout les vieux airs de Parker et Bessie Smith.

Il s'immobilisa une seconde, et la regarda.

— Ce sont ceux que je préfère, moi aussi.

— C'est vrai?

— Comment se fait-il que vous aimiez ça? fit-il davantage pour lui-même que pour elle.

— J'aime aussi le basket, mais pas le base-ball. Le hockey, à l'occasion.

Elle eut un rire léger en se dirigeant vers les fenêtres, sans se presser et en prenant bien soin de balancer les hanches sans trop d'ostentation.

— Je déteste Hemingway, et j'adore Steinbeck et Faulkner, poursuivit-elle. Je ne ferais sûrement pas des folies pour une glace au chocolat, mais des kilomètres à pied sous la pluie ou la neige, sans hésiter, pour écouter Nina Simone ou revoir *le Parrain II* de Coppola. Al Pacino, Robert Duvall, Diane Keaton, De Niro... Un chef-d'œuvre.

Se tournant vers lui, elle sourit.

— Vous aimeriez en savoir davantage sur mes goûts ?

Michael jeta l'éponge sur la table, et s'approcha d'elle.

— C'est vraiment étonnant, dit-il. Nous pourrions être jumeaux, vous et moi.

— Pas de vrais jumeaux.

— Non. Oh, non...

Il s'arrêta une seconde devant elle. Puis, il franchit le court espace qui les séparait, et la prit dans ses bras.

L'attirant contre lui, il murmura :

— J'aime votre goût, Emma.

Et il l'embrassa. Aussitôt, elle fondit.

11.

Michael se serra contre Emma, pour qu'elle sente combien il la désirait, et qu'elle sache ce qu'il avait en tête. De toute façon, il ne pouvait plus cacher la preuve de ce désir. Cela avait commencé à l'instant même où elle était entrée dans l'appartement. Pour empirer régulièrement au fur et à mesure que la soirée avançait.

Un genre de supplice bien particulier. Et embrasser Emma n'arrangeait certes pas les choses, mais rien n'aurait pu en empêcher Michael. Pas même le canon d'un revolver braqué sur sa tempe. Il fallait qu'il la goûte, qu'il la touche. Elle était pour lui comme une drogue, de laquelle il se sentait complètement, définitivement dépendant.

Leurs langues dansaient, jouaient l'une avec l'autre, leurs lèvres se mêlaient en une sorte d'engrenage parfait, d'une manière qu'il ne pourrait jamais oublier. Il avait toujours aimé embrasser, mais là... Jusqu'à cet instant, il ignorait ce que pouvait être un baiser. C'était une nouvelle forme d'érotisme, un mélange de plaisir et de tourment qu'il n'avait encore jamais éprouvé. Le plaisir du baiser lui-même, le tourment de la réaction qu'il entraînait.

Il leva la main vers le haut de la robe noire, la naissance des seins blancs. Il gémit au contact de la peau douce comme de la soie.

Sans cesser de l'embrasser, elle se redressa légèrement de manière à ce qu'il puisse poser la paume sur un sein. Et comme cette robe lui couvrait en grande partie le corps, la promesse des courbes qu'elle cachait suffit à le faire chanceler sous le coup d'un vertige.

Alors, il sentit la main d'Emma sur lui, sur son membre dressé. Il lutta contre son propre embarras. Il ne pourrait pas tenir très longtemps sous la douceur légère de ces doigts qui allaient et venaient sur lui. Même si ses vêtements en amortissaient l'effet, c'était trop. Et soudain, il quitta ses lèvres, et s'écarta.

Emma leva vers lui des yeux assombris par le désir, la bouche encore humide et gonflée par leur baiser.

— Venez, Emma, venez avec moi, dit-il d'une voix qu'il ne se connaissait pas.

Elle secoua la tête très lentement.

— Ne m'excitez pas comme ça. Vous voyez bien ce que vous me faites..., ajouta-t-il.

— Je le veux, murmura-t-elle, à bout de souffle. Mais...

— Mais quoi ?

Il pressa le bas de son corps contre la main d'Emma. Elle le serra, et le lâcha.

Et elle recula. Il le fallait. Si elle le touchait une fois de plus, elle ne pourrait plus lui résister, et ça gâcherait tout.

Mais c'était bien plus difficile qu'elle ne l'aurait cru. Il n'y avait pas de raison pour que ce soit aussi dur. Puisqu'elle savait qui il était, et ce qu'il avait fait, pourquoi désirait-elle à ce point faire l'amour avec lui ? Oui, Michael Craig était un menteur, un bandit. Il l'avait blessée comme personne avant lui, de toute sa vie. Et cependant, il l'attirait encore d'une manière qui défiait toute logique, qui défiait la raison. Il l'enivrait bien plus que n'importe quel champagne.

— Mais quoi, Emma ? Dites-le-moi.

— Je ne peux pas, dit-elle, luttant pour se souvenir de la voix de Margaret, des avertissements de Christie, et des conseils avisés de Jane.

— Je sais que vous le voulez autant que moi, assura-t-il en se rapprochant d'elle.

De nouveau, elle recula. Elle sortit de la zone dangereuse — un espace de la longueur du bras, et qui s'étendait tout autour de lui. Si elle suivait les instructions de Margaret, Christie et Jane, elle devait le faire souffrir. Mais elle ne le pouvait pas. Elle n'en était plus capable. Parce que, dans ce cas, il n'était pas le seul à souffrir.

Elle le désirait de tout son corps ; pire encore, elle le voulait de tout son cœur.

Il fallait être plus forte qu'elle pour accomplir ce boulot-là. Et bien moins sentimentale.

— Parlez-moi, Emma. Ne me laissez pas comme ça...

Elle respira à fond. Elle devait continuer. Sauver sa fierté. Comment pourrait-elle affronter son équipe si elle cédait à Michael maintenant ?

— Je suis désolée, Michael. J'aimerais que vous appeliez votre chauffeur. Je veux rentrer chez moi.

L'expression de Michael lui fit mal. Il semblait tout à la fois déçu, malheureux, trahi et en colère. Cela se voyait clairement à sa bouche, et surtout dans ses yeux. Elle pouvait reconnaître chacune de ces émotions. C'était les mêmes qu'elle éprouvait depuis lundi.

— Je croyais que nous avions oublié le passé, que nous devions tout recommencer, repartir de zéro.

— Je l'ai dit. Je le pense.

— Alors, pourquoi refuser... ?

— Je ne crois pas avoir besoin de répondre à cette question, répliqua-t-elle d'un ton ferme, alors qu'elle se sentait aussi faible qu'un bébé.

Il serra les lèvres, et elle vit qu'il luttait contre la frustration, le chagrin. Absurdement, elle eut envie de le consoler. Ce qui ne faisait pas partie des règles du jeu.

— Vous voulez que je vous fasse la cour, c'est ça ? Des fleurs ? Des bougies ? Dîner ensemble, et aller au cinéma ?

Elle secoua la tête.

— Non, ce n'est pas ça.

— Alors, quoi ? Pour l'amour de Dieu, Emma, dites-moi ce que vous attendez de moi. Dites-moi ce que je dois faire pour vous plaire, pour vous convaincre de rester...

— Je ne ferai pas l'amour avec vous, Michael.

— Parce que je suis votre patron ?

— Non.

Elle ne mentait pas tout à fait. Bien sûr, c'était en partie pour cela, mais ce n'était pas ce qui comptait le plus.

— Ce n'est pas parce que vous ne le désirez pas, affirma-t-il. Je le vois dans vos yeux. Et on n'embrasse pas un homme de cette façon sans trahir ce qu'on ressent.

— Le désir n'a rien à voir avec ça.

Il se passa une main sur le visage. L'air calme et froid qu'il avait eu à l'arrivée d'Emma avait complètement disparu maintenant. Il n'était plus qu'un homme tourmenté, au supplice, et il ne songeait même plus à le cacher. Or, elle n'était venue ici que pour le mettre dans cet état-là. Dans ces conditions, pourquoi se sentait-elle aussi mal ? Avec le cœur lourd, et cette douleur dans la poitrine ?

— Ce sera long ? demanda-t-il d'une voix basse, désespérée.

— Je ne ferai pas l'amour avec vous, à moins que...

Brusquement, il revint près d'elle, la prit par les bras des deux mains.

— A moins que... quoi ?

124

Elle déglutit péniblement. C'était le moment le plus difficile. Non parce qu'elle avait peur d'achever sa phrase, mais parce que lorsqu'elle aurait prononcé ces mots, elle ne pourrait plus les retirer. Et qu'alors, elle saurait exactement ce qu'elle représentait pour lui. La vérité, cette fois. Elle aurait alors l'absolue certitude qu'il n'éprouvait pour elle que du désir.

Sa détermination s'évanouit. Elle ne prononcerait pas ces mots, parce qu'elle ne pourrait pas supporter la réaction de Michael. Parce qu'en dépit de tout, elle avait encore besoin de ses illusions. Elle voulait encore croire qu'il pouvait ressentir pour elle autre chose qu'une attirance physique.

— S'il vous plaît, appelez Eddie, murmura-t-elle.

— Vous ne me répondrez pas, n'est-ce pas ?

Emma secoua la tête.

Elle crut un instant qu'il allait la secouer. Mais non. Il la lâcha. Aussitôt, elle eut une folle envie de sentir de nouveau les mains de Michael sur ses bras. Elle avait suivi exactement le plan, et tout avait marché comme prévu. Pourtant, elle avait perdu.

Il se dirigea vers le téléphone, souleva le récepteur, et tourna le dos à Emma.

La partie était finie.

Michael contemplait le lever du soleil. Un beau spectacle, mais il se sentait trop mal pour l'apprécier. Il ne voulait rien voir de beau. Il ne le supportait plus.

Il avait passé la nuit à penser à Emma.

Elle était partie un peu après 23 heures. Il avait alors ouvert une bouteille de scotch, avant de se laisser tomber sur le canapé, avec l'intention de boire. Mais la boisson n'était pas assez forte. Finir la bouteille ne lui aurait été d'aucun secours. Il ne se serait pas senti mieux.

Il avait été hanté par un mot. Une expression prononcée par Emma. « A moins que... » A moins que quoi ? Qu'il ne s'excuse ? Mais il l'avait déjà fait ! A moins qu'il ne revende la compagnie ? Dans ce cas, il était vraiment en difficulté.

Emma aurait été sienne, s'il avait su s'y prendre. S'il ne s'était pas servi d'elle. L'ironie du sort voulait qu'il aurait obtenu la compagnie sans les renseignements qu'elle lui avait donnés. Cela lui aurait coûté un peu plus cher, mais il s'y serait retrouvé à long terme. Ainsi, au bout du compte, il n'avait pas utilisé Emma.

Si seulement il pouvait l'oublier, tout redeviendrait comme avant. Et il ne demandait que ça. Mais oublier Emma, c'était comme essayer de ne plus respirer. Elle lui était maintenant aussi indispensable que l'air. Pourquoi diable ? Il avait cessé de se poser cette question à 3 heures, ce matin. Quelle différence cela faisait-il ? Le savoir n'allait pas le tirer de ce pétrin. Il suffisait qu'il ait admis qu'il était bel et bien amoureux fou.

Amoureux d'une femme qui ne le pardonnerait jamais.

Qu'elle l'ait fait, ou qu'elle ait même simplement oublié sa conduite un moment, et il n'aurait pas été dans un tel état en ce moment. Encore l'ironie du sort. Avec une bonne dose d'humiliation pour faire la mesure.

Il devait prendre une douche. Se préparer pour aller travailler. Mais il n'en avait aucune envie. S'il existait un plaisir sur lequel il pouvait compter d'habitude, c'était bien celui de partir le matin pour rejoindre son bureau. Ça aussi, Emma le lui avait pris.

Michael se pencha en avant, les coudes sur les genoux, et la tête entre les mains. Blâmer Emma ne servait à rien non plus. Ce n'était pas elle, la méchante. Quel que soit le jeu qu'elle jouait avec lui, il n'avait pas le droit de se plaindre. Bon Dieu ! Il allait en finir avec son travail à la *Transco*, et vite. Après ça, il n'y remettrait plus les pieds. Peut-être que s'il ne voyait pas Emma, s'il ne l'entendait pas, il serait capable de la chasser de ses pensées. Peut-être.

Jusqu'à ce qu'il puisse passer le flambeau à Jim Cowling, il ferait un effort de volonté pour cesser de penser à elle tout le temps. Et puis, il allait s'occuper au maximum, se distraire. Il y avait d'ailleurs suffisamment à faire au bureau.

Il se leva, décidé à passer la journée sans une seule pensée pour Emma Roberts.

Michael pensa à Emma en prenant sa douche. Il continua à penser à elle en s'habillant, en buvant une tasse de café, en roulant vers la *Transco*, en lisant les messages reçus à son adresse électronique sur Internet, et pendant la réunion avec Cowling. Elle le poursuivit sans arrêt, ne quitta pas ses pensées une seule seconde.

Que se passait-il? Allait-il devenir vraiment fou? Jim l'avait regardé comme s'il l'était déjà, lui demandant même s'il se sentait bien.

Eh bien, non, Michael ne se sentait pas bien. Il se sentait plutôt horriblement mal. Tout ça, à cause de deux petits mots plus une seule lettre.

« A moins que... »

Cela le hantait, le poursuivait, le traquait. Cela avait envahi son cerveau, et anéanti toutes ses facultés. Et il ne comprenait toujours pas ce que ça pouvait vouloir dire.

Il consulta sa montre. Presque 3 heures. Il n'avait pas dormi depuis trente-deux heures. Il se sentait nerveux, la gorge sèche, les muscles douloureux, avec des élancements à la nuque qui revenaient régulièrement depuis ce matin. Impossible de rester ainsi sans rien faire.

Il se leva, décidé à mettre fin à cette situation, et tout

de suite. Emma allait s'expliquer. Il le fallait. Il n'était pas devenu l'un des hommes les plus puissants de Houston en laissant les autres faire la loi.

Il sortit du bureau, et traversa le hall rapidement. Emma avait peut-être le droit de jouer avec lui mais, cette fois, c'était trop. Ça ne pouvait plus durer. On ne jouait plus.

La porte du bureau d'Emma était ouverte. Les quatre femmes étaient assises à leurs bureaux, chacune travaillait sur son ordinateur. Emma semblait concentrée, sûre d'elle. Reposée. A l'évidence, elle n'avait aucune difficulté à le chasser de ses pensées.

Cela fit mal à Michael. Il se rendit compte qu'il s'était attendu à la trouver aussi perdue que lui. Il avait cru que le repousser n'avait pas été une décision facile pour elle. Encore une fois, il se trompait. Ce qui commençait à devenir une habitude chez lui. Du moins tant qu'il s'agissait d'Emma.

— Vous désirez quelque chose ?

Il se tourna vers Margaret.

— Non, merci. Je dois parler à Emma.

Elle ne le regarda pas, mais continua à taper sur le clavier. Il attendit sans trop cacher son impatience. Finalement, elle sauvegarda son travail, et se tourna pour lui faire face. Elle était visiblement très calme. Et très belle.

— Oui, monsieur Craig ?

— Je peux vous voir un moment ?

Elle haussa les épaules. Comme si cela ne l'intéressait pas vraiment, comme si elle était ennuyée d'être interrompue dans son travail. Michael réprima sa nervosité. Pas de panique. Peut-être ne savait-elle pas bien quelle attitude prendre.

— Il faut que nous parlions de ce projet dans le Golfe, Margaret, dit-elle. Je reviens tout de suite.

Le regard de Margaret alla d'Emma à Michael, et

elle fronça les sourcils. Ce qu'il trouva facile à interpréter.

Il attendit encore tandis qu'Emma se levait sans se presser. Enfin, elle fut près de lui, et elle le suivit dans le couloir.

Il ne dit rien jusqu'à ce qu'ils aient atteint la salle des photocopieuses. Pas la peine que ses assistantes entendent ce qu'il allait dire. Il se tourna vers elle, se préparant à ce qui, il le savait, allait être une bataille.

— Que se passe-t-il ? demanda-t-elle, comme si rien n'était arrivé entre eux la veille.

— Je veux vous parler.

— D'accord, dit-elle avec un sourire un peu trop éclatant. Vous avez la parole.

Il s'en voulut de ne pas avoir pensé à cette conversation un peu plus tôt, de ne pas avoir essayé de prévoir les diverses réactions possibles d'Emma.

— Au sujet d'hier soir...

Elle rougit. Enfin, une réaction. Il eut un soupir se soulagement. Presque aussitôt, il se demanda avec inquiétude ce que signifiait cette rougeur. Etait-elle embarrassée parce qu'elle l'avait embrassé ? Touché ? Le regrettait-elle ? Ou bien rougissait-elle au souvenir de leur intimité ?

— Je suis désolée, dit-elle en tournant légèrement la tête sur le côté et en regardant derrière lui. Je n'ai pas été très fair-play avec vous.

C'était mieux. Au moins elle reconnaissait que le laisser avec cet « à moins que » suspendu sur sa tête comme une bulle de bande dessinée avait été un châtiment cruel.

— Je suis partie sans vous remercier pour ce délicieux dîner. C'est une honte.

Michael eut l'impression de recevoir subitement une douche froide.

— Le dîner ? dit-il. Je me fiche de ce dîner.

Elle écarquilla les yeux, et entrouvrit la bouche de surprise.

— Seigneur! j'essayais simplement de me montrer polie.

— Je veux savoir ce que vous vouliez dire quand vous vous êtes interrompue.

— Comment ça?

— Après... à moins que.

— Pardon?

Il sentit sa colère monter en lui comme le mercure dans un thermomètre.

— Vous savez de quoi je parle.

— Non, répliqua-t-elle, l'air beaucoup trop innocent. J'ai bien peur que non.

— Peut-être ceci va-t-il vous le rappeler.

Il s'approcha d'elle, et lui prit la main. Lorsqu'elle le regarda dans les yeux, il lui posa la main à l'endroit où elle y était déjà la veille. C'était dur, comme hier soir avant qu'elle ne prononce ces deux mots et demi.

Emma devint cramoisie.

— Michael, dit-elle en un souffle.

— Oui, Michael. Vous vous souvenez de moi, maintenant? Alors, vous vous souvenez de ce que vous avez fait. De ce que vous avez dit.

Elle hocha la tête, et retira la main. Il la lâcha, lui-même choqué maintenant que son accès de folie était passé.

— Je m'excuse, dit-il en reculant. Je ne voulais pas faire ça. C'était tout à fait inopportun. Je n'aurais même pas dû vous toucher.

Il recula encore, ne sachant plus très bien quoi faire. En tout cas, il ne devait surtout pas s'approcher d'elle. Dès qu'il était trop près d'Emma, il perdait l'esprit.

— Attendez, dit-elle en s'avançant et en lui prenant le bras. Ne partez pas.

130

Ce fut au tour de Michael d'être étonné. Il aurait plu-tôt cru qu'elle voulait se débarrasser de lui. Aussi vite que possible.

— Je sais de quoi vous voulez parler, continua-t-elle en le regardant d'un air inquiet.

Un regard plein d'une sorte de chagrin, qu'il reconnaissait trop bien. Ainsi, elle avait joué la comé-die. Cela aurait dû le soulager. Mais non. Il aurait pour-tant cru qu'il avait besoin de compagnie dans son mal-heur. Pas du tout. Il voulait simplement la consoler. C'était surprenant — une expérience entièrement nou-velle pour lui. Mais avec Emma, il ne faisait que des expériences inédites et, le plus souvent, pas vraiment agréables.

— Michael ?

— Oui ?

— Pourquoi me regardez-vous de cette façon ?

— Comment ?

— Avec ces yeux-là ?

Il savait de quoi elle voulait parler. Et il n'avait aucune explication à cela.

— Je n'en ai pas d'autres.

Elle eut un sourire ironique.

— Touché. Je crois que je le méritais.

— Je n'ai rien dit de tel.

— Je sais.

— Alors, vous me répondez ? Qu'alliez-vous dire après... à moins que ?

Emma se détourna, et demeura silencieuse. Il respira profondément, se concentra sur l'air qui emplissait ses poumons. Une technique de relaxation qu'il connaissait depuis des années, mais qu'il n'utilisait jamais en dehors de son travail. Cela l'aida, mais pas très longtemps.

Quand elle lui fit face de nouveau, le chagrin et la vulnérabilité avaient disparu du visage d'Emma.

Comme par magie. Et encore une fois, Michael fut pris au dépourvu. Ne venait-elle pas de reconnaître...

— Je ferais mieux de retourner dans mon bureau, monsieur Craig. A moins qu'il n'y ait autre chose ?

Il ne sut que dire. Il avait l'impression que son cerveau crachotait comme un moteur à l'agonie. De toutes les réponses imaginables, il n'aurait jamais pensé à celle-ci. Qu'était-il arrivé pendant ces quelques secondes ? Qu'avait-elle décidé ? Ce n'était visiblement pas en faveur de Michael, il le sentait. Et ces perpétuelles contradictions dans le comportement d'Emma le rendaient complètement fou.

— Vous êtes faite pour un autre métier, dit-il en retrouvant sa capacité de parler.

— Oh !

— Oui, vous devriez travailler pour le FBI. Vous feriez un agent double formidable.

Les épaules d'Emma s'affaissèrent.

— D'accord. Vous avez gagné. Arrêtons tout ça maintenant, pendant que c'est encore possible. Je ne peux plus le supporter.

— Arrêter ? Avant que vous m'ayez répondu ?

Cette voix désespérée, c'était bien la sienne. Il devait paraître pathétique. Et il voyait au visage d'Emma que la bataille faisait rage en elle. Elle prenait une nouvelle décision, sûrement. Et celle-ci allait le toucher gravement, ça aussi, il le sentait.

— Il n'y a rien à dire, déclara-t-elle finalement.

Et elle se redressa. Il comprit que s'il ne faisait pas quelque chose de radical, elle allait poursuivre son petit jeu avec lui. Ah, non ! Pas ça.

— Non, dit-il. Je ne vous laisserai pas continuer.

— Il me semble que vous n'avez pas le choix.

— Je ne vous laisserai pas partir avant que vous ne vous soyez expliquée.

Elle l'examina un instant.

— Pourquoi est-ce si important pour vous?

— Vous m'avez dit que vous ne feriez pas l'amour avec moi. A moins que. Et puis, plus rien. Vous croyez que je n'ai aucune raison de m'interroger là-dessus?

Il fronça les sourcils, et elle tourna légèrement la tête vers la droite. Un mouvement familier maintenant, et qui le perturbait.

— C'est très étonnant, dit-elle. Je pourrais même me demander si je n'ai pas représenté pour vous davantage qu'un moyen pour parvenir à vos fins.

— Vous n'avez jamais été cela.

— Non? Alors, quoi? Pourquoi devrais-je faire l'amour avec vous, Michael?

Il ne s'était pas non plus attendu à ça. Et il ne pouvait pas lui dire la vérité. Elle aurait alors assez de munitions pour au moins trois guerres mondiales. Il devait penser très vite. Utiliser ses talents de négociateur pour qu'elle soit de nouveau sur la défensive.

Finalement, il se servit de la seule arme qui fût à sa disposition. Il lui toucha la joue. Doucement. Du revers de la main.

— Vous êtes si belle, dit-il.

Emma ferma les yeux, et se pencha un peu sous la caresse. Puis, elle les écarquilla, et recula.

— Non. Je ne vous laisserai pas me faire ça. Je pensais vraiment ce que j'ai dit hier soir. Je ne ferai pas l'amour avec vous. Plus jamais. A moins que...

Elle lui tourna le dos, et s'éloigna avant qu'il ait eu le temps de l'arrêter. Elle courut dans le couloir, et disparut.

Il la poursuivit. Et il allait la rattraper, quand elle entra dans les toilettes. Sans réfléchir, il la suivit à l'intérieur.

— Ce sont les toilettes pour femmes, dit-elle sans paraître le moins du monde surprise qu'il l'ait suivie jusque-là. Vous ne pouvez pas rester ici.

— Cette compagnie m'appartient. Je peux faire ce que je veux.

— Et si quelqu'un entre ?

Michael revint vers la porte, et poussa le verrou.

— Satisfaite ?

Elle secoua la tête.

— Je suis venue ici parce que je voulais être seule.

— Non, vous êtes entrée ici uniquement pour me torturer encore un peu plus.

— Vous torturer ? C'est absurde.

Il s'approcha d'elle, et elle recula jusqu'à ce qu'elle soit arrêtée par le long comptoir des lavabos. Michael n'avait pas l'air commode. En fait, on aurait dit un homme sur le point de commettre un meurtre. Il ne s'arrêta que lorsqu'il fut si près d'Emma qu'elle dut se pencher un peu en arrière. Alors, il la prit par les épaules, et elle sentit sa colère à ses mains sur elle, à travers la veste.

— Vous me rendez fou, dit-il d'une voix basse, inquiétante.

Elle voulut parler, mais il la fixait d'un regard si menaçant, hagard, terrifiant, qu'elle se tut.

— Je ne peux pas dormir. Je ne peux pas travailler. Je ne peux que penser à vous et à ce maudit... à moins que. Je me suis excusé de toutes les manières possibles. Je me suis traité d'imbécile, d'idiot, de tout. J'ai essayé de vous ignorer, mais vous ne m'avez pas laissé faire. Tout ceci fait partie de votre plan, n'est-ce pas ? Vous voulez me rendre fou, c'est ça ? Eh bien, vous n'y parviendrez pas. Parce que vous allez vous expliquer. Et tout de suite. Je me trompe ?

Emma était sous le choc. Le plan avait marché ! Elle le tenait, exactement comme Margaret, Christie et Jane l'avaient prévu. Il ne pouvait plus penser qu'à elle ! C'était plus que ce qu'elle avait espéré. Infiniment plus. Maintenant, elle était prête à lui dire les mots définitifs. Les mots qui arrangeraient tout, s'il répondait correctement. Oh! elle redoutait encore qu'il ne le fasse pas. Mais pour la première fois, il lui semblait qu'elle avait une chance.

D'après tous les renseignements obtenus sur Michael, il devait faire une réponse négative. Sur le papier, il n'existait aucune raison pour qu'elle puisse y changer quelque chose. Mais elles avaient pensé qu'il lui faudrait des semaines pour en arriver là.

— Alors?

Emma fit une dernière petite prière. Et elle se jeta à l'eau.

— Je ne ferai pas l'amour avec vous, Michael, dit-elle aussi calmement que possible malgré sa gorge serrée. A moins que...

— Bon Dieu! A moins que quoi?

Il fallait qu'elle le dise. C'était maintenant ou jamais.

— A moins d'être votre épouse.

12.

Emma retint son souffle. L'expression de Michael, surtout ses yeux, lui en diraient plus que des mots. En un instant, elle devrait connaître sa réponse.

Elle libéra son souffle... et ses rêves s'envolèrent.

Il n'avait éprouvé que du désir. Pas de l'amour. C'était évident à la panique qu'elle lut sur son visage. Jamais il n'avait pensé au mariage. Du moins avec elle.

Quand il lui lâcha les épaules, elle se retourna, mais elle vit alors Michael dans le miroir. C'était pire. Il était sans voix. Pas à cause de la nouvelle coiffure d'Emma, ni de ses vêtements neufs, ou de sa démarche sexy. Mais à la seule idée d'une vraie relation — d'un engagement, d'un amour durable.

— Mon épouse? dit-il d'un ton si troublé qu'elle faillit rire.

— Oui, monsieur Craig. Je suis sûre que c'est un mot que vous avez déjà entendu prononcer.

— Mais...

Elle se tourna de nouveau vers lui, en essayant de se concentrer sur la colère qui bouillait toujours en elle. Une colère qui n'était pas dirigée contre lui, mais contre elle-même et sa propre stupidité. Comment avait-elle pu s'imaginer que tout finirait aussi bien? Comme l'huile et l'eau, ils ne pouvaient pas se mélanger, se fondre l'un en l'autre. Il était une Ferrari, et elle, un break. Elle aurait eu

136

autant de chances en tombant amoureuse de Tom Cruise. Non, il ne l'aimerait jamais. Voilà tout.

— Maintenant que je vous l'ai dit, je ferais mieux de retourner dans mon bureau.

Elle se dirigea vers la porte, mais il l'arrêta en la prenant par le bras.

— Attendez une minute.

— Pourquoi ?

— Parce que nous devons parler.

— Non. Il n'y a plus rien à dire.

Il l'obligea à se tourner vers lui. Mais elle fut incapable de le regarder.

— Vous voulez vraiment m'épouser ? demanda-t-il.

Si elle n'avait été aussi humiliée, elle aurait pris ça pour une insulte.

— Plus maintenant.

— Arrêtez. Je suis sérieux.

— Moi aussi.

— Allons, Emma. Donnez-moi un instant, vous voulez ? Je... enfin, c'est complètement à côté de la plaque.

Elle hocha la tête avec un petit sourire amer.

— Oui, il s'agissait d'attirance physique, de désir, de sexe. Et le mariage n'a rien à voir avec ça. Je comprends.

— Non, ce n'est pas ce que je voulais dire.

— Que voulez-vous dire ?

Elle scruta son visage. Tout à coup, elle ne craignait plus d'observer ses réactions, ni de lui laisser voir les siennes. Elle pouvait le fixer d'un regard ardent, ne plus lui cacher qu'elle l'aimait.

— Je veux dire que je n'avais pas pensé que nous puissions avoir ces liens-là.

— Ces liens ?

Il soupira, et leva les mains en l'air en signe de reddition.

— Je ne peux pas gagner, n'est-ce pas ?

— Oh ! vous êtes vainqueur, bien sûr. Vous avez votre

compagnie. Vous m'avez, moi. Qu'est-ce qui vous manque ?

— Vous avoir de nouveau.

— Je ne crois pas. Vous m'avez déjà eue.

— Ce n'est pas ce que je veux dire, et vous le savez. Pourquoi ne pas être franche ? C'est bien ce que vous me demandez d'être avec vous ?

— En effet, dit-elle en croisant les bras. Eh bien, je serai franche. Je vais démissionner, et quitter la *Transco* dès que j'aurai trouvé un autre poste.

— Pourquoi ?

Incrédule, elle éclata de rire.

— Vous le faites exprès ?

— Comment est-ce devenu si compliqué entre nous ? Nous avons passé un week-end merveilleux, vous ne pouvez pas le nier. Il y a eu un déclic entre nous, quelque chose, une étincelle. Ça non plus, vous ne pouvez pas le nier. Maintenant, nous travaillons ensemble, et nous avons une chance qu'il se passe bien plus entre nous. Qu'y a-t-il de si terrible là-dedans ? Est-ce un crime ?

— A part le fait que vous êtes un menteur, un homme à intrigues, il n'y a rien de terrible. Ce serait formidable, si je voulais avoir seulement des relations sexuelles avec vous.

— Cela semblait vous intéresser, samedi soir.

Elle tressaillit.

— Ça, c'est un coup bas, Michael. Vous frappez au-dessous de la ceinture.

— Je suis prêt à me battre avec toutes les armes possibles, Emma.

Il s'approcha d'elle, lentement, comme s'il s'apprêtait à capturer une créature sauvage.

— Mais pourquoi ? demanda-t-elle en reculant.

— Pour ça, dit-il.

Et la prenant par les bras, il l'attira contre lui. Et il l'embrassa avec passion. Les genoux faibles, le cœur affolé, elle perdit la tête dans un violent élan de désir. Et il continua à l'embrasser fougueusement, à l'explorer fébrilement de la langue. Quand il l'entoura de ses bras, la serrant plus étroitement contre lui, elle se demanda s'il sentait son excitation à travers les vêtements, comme elle pouvait sentir la sienne.

C'était de la folie. Un baiser ne pouvait pas faire autant d'effet. Elle n'aurait pas dû être dans cet état, en tout cas, ni enfouir les doigts dans les cheveux de Michael, ni bouger contre lui de manière si provocante.

Il gémit, sa main chercha et trouva les boutons de la veste d'Emma, ceux de la blouse de soie blanche. Puis, elle sentit qu'il lui touchait les seins. Et elle gémit à son tour.

Lui lâchant la bouche, il lui embrassa le lobe de l'oreille, le cou.

— Voilà pourquoi, Emma, chuchota-t-il. Parce que j'ai besoin de vous... comme ça...

Elle ouvrit les yeux. Et ce qu'elle vit alors lui coupa le souffle.

Margaret, Christie et Jane les regardaient. Chacune passait la tête par une porte des douches. La bouche ouverte, les yeux agrandis par la stupeur, elles observaient Emma et Michael.

Comme il lui embrassait la naissance des seins, Emma le repoussa, et reboutonna rapidement sa veste, soudain horriblement gênée.

— Quoi ? Que se passe-t-il encore ?

Elle vit ses trois assistantes, et désormais ex-amies, disparaître en un clin d'œil.

— Je... je..., commença-t-elle.

Que lui dire ? Elle n'allait pas lui parler de l'apparition de ses amies. Mais elle ne pouvait pas non plus faire comme si rien ne s'était passé entre eux. Il venait de sentir sa réaction à ces baisers. Mentir à ce sujet ? Il ne la croirait pas.

— Je ne peux pas, dit-elle. Pas maintenant. Quand vous me touchez, je perds la tête.

— Bienvenue dans mon monde.

Elle ne put s'empêcher de sourire. Elle lui en avait vraiment fait voir de toutes les couleurs, ce matin.

— Nous avons tous les deux besoin de temps pour réfléchir, continua-t-elle. Et pour nous calmer un peu.

— Oui, fit-il en se grattant la tête. Je le crois aussi.

— Allez, sortez d'ici avant que quelqu'un ne vous surprenne. Nous parlerons plus tard.

— Promis?

Emma hocha la tête. Que faire d'autre?

— Il faut me promettre encore autre chose.

Elle jeta un coup d'œil vers la porte des douches.

— Quoi?

— Que vous ne démissionnerez pas.

— Je ne peux pas vous promettre ça.

— Au moins pas avant que nous ayons pu parler de nouveau. D'accord? Attendez seulement jusque-là.

Il avait l'air si grave, si fervent, si troublé...

— Entendu, répliqua-t-elle. J'attendrai jusque-là.

Il ouvrit la bouche, et la referma.

— Qu'y a-t-il? demanda-t-elle.

— Rien. Je vais sortir d'ici le premier, tant que c'est encore possible.

Elle sourit. Puis, elle marcha jusqu'à la porte, et ouvrit le verrou. Il ne dit plus un mot avant de sortir. Il lui lança un dernier regard mystérieux, ouvrit la porte et disparut.

Emma attendit un moment, le temps qu'il ait rejoint le hall. Et elle se tourna vers les portes des douches.

— Vous pouvez sortir de là, espèces de voyeuses. Il est parti.

Les trois portes s'ouvrirent, et Margaret, Christie et Jane sortirent des douches. Jane eut la décence de prendre l'air penaud. Margaret et Christie semblaient seulement étonnées.

140

— Quel baiser! s'écria Christie. J'ai eu l'impression de fondre, et j'étais derrière la porte!

— A quoi penses-tu? dit Margaret. Tu as failli tout flanquer par terre. Et tu le tenais, juste avant de le laisser t'embrasser.

— Je ne savais pas, fit Jane. Oh! Emma, je ne t'envie pas. Comment peux-tu lutter contre ça?

— Merci pour ces commentaires, mais pourquoi diable ne m'avez-vous pas fait savoir que vous étiez là?

— Quand aurions-nous pu le faire?

— Quand je suis entrée.

— Michael est arrivé une seconde après toi. Et comment pouvions-nous prévoir que tu allais faire l'amour avec lui sur les lavabos?

— Nous n'avons pas fait l'amour, Margaret.

— Techniquement, on ne peut pas l'affirmer, en effet. Mais vous l'avez fait de toutes les autres manières possibles.

— Oh! Margaret, intervint Christie en lui mettant un bras autour des épaules. Tu es célibataire depuis trop longtemps.

— Tais-toi donc. Tu sais très bien que j'ai raison. Et maintenant, qu'allons-nous faire?

— Nous? dit Emma. Je crois que ce groupe expérimental est dissous, non?

— Non, assura Christie. Certainement pas.

— J'ai joué ma dernière carte. Il me l'a prise avec l'atout. A moins que vous n'ayez pas écouté cette partie du spectacle?

Jane secoua la tête.

— Désolée, je suis d'accord avec Christie. Ce n'est pas fini. Pas du tout.

— Pour moi, si. J'abandonne. Je démissionne.

— Tu ne peux pas! assura Margaret en la prenant par les bras. Tu es à deux doigts de gagner.

— De gagner quoi? Vous avez entendu sa réaction quand j'ai parlé de mariage.

Margaret fronça les sourcils.

— A quoi t'attendais-tu, chérie? Il a réagi exactement comme nous l'avions prévu. Tu te souviens? Il faut semer les graines avant de récolter, etc. Il va y penser maintenant, ça va lui trotter dans la tête, faire son chemin. Il te verra avec d'autres yeux. C'est tout.

— Tu voudrais qu'il dise oui? demanda Christie.

Emma perçut de l'incrédulité dans sa voix.

Evidemment, elles allaient être plus que surprises. Mais comment pouvaient-elles savoir qu'elle avait changé d'objectif? Qu'elle ne voulait plus le scalp de Michael, mais son cœur.

— Non, bien sûr que non, répondit-elle en essayant d'avoir l'air sincère et sûre d'elle.

— Tu es amoureuse de lui, n'est-ce pas? fit Jane.

Emma voulut nier. Au lieu de ça, elle dut s'efforcer de retenir ses larmes.

— Malgré ce qu'il t'a fait?

Elle ferma les yeux, et hocha la tête.

— Oh! chérie, dit Jane d'un ton plein de sympathie, ou peut-être de pitié.

Les larmes qu'Emma tentait de contenir se mirent à couler, et elle tourna le dos à ses amies. Elle refusait de voir leurs visages. Le mépris. Le blâme. Elle éprouvait suffisamment ces sentiments-là envers elle-même.

Mais comme elle essuyait les larmes qui continuaient de couler sur ses joues, elle sentit des mains sur ses épaules. Et déjà, elle se trouvait au milieu de ses amies, qui l'étreignaient.

— Arrêtez, dit-elle d'une petite voix désolée. Mon maquillage ne va pas y résister.

— On s'en fiche, de ton maquillage, dit Margaret. Pourquoi ne nous l'as-tu pas dit?

— Je m'en doutais, assura Christie. Ce qui m'a convaincue, c'est ce baiser.

Emma les serra encore un peu contre elle, et elles

s'écartèrent. Stupéfaite, elle découvrit que Jane et Margaret avaient pleuré, elles aussi. Elle eut un petit sourire
hésitant.

— Ne vous inquiétez pas. Je m'en sortirai.

— Oh ! je le sais, dit Margaret. Mais je n'aime pas que
tu aies à traverser tout ça.

— Nous voulons que tu sois heureuse, expliqua Jane.

— Je ne suis tout de même pas menacée de mort, fit
Emma d'une voix plus ferme. Pas la peine de prendre le
deuil dès maintenant.

Margaret secoua la tête.

— Plus j'y pense, plus je suis certaine que nous
sommes sur la bonne voie. Si nous pouvons vous empêcher de vous embrasser, tout va très bien marcher.

— Qu'est-ce que tu dis, Margaret ?

Emma n'en croyait pas ses oreilles. Avait-elle bien
compris ? Le jeu était fini. Elle aimait la cible. Et rien ne
pourrait changer cela, à part le temps, et peut-être un long
séjour dans un sanatorium.

— Je dis que tu dois prendre ta vie en main, Emma.
Croire en toi.

— Ça ne sert à rien. Et j'ai déjà une nouvelle coupe de
cheveux, non ?

Elle soupira.

— Pour être honnête, le jeu était fini avant même que
nous ne commencions. Je suis tombée amoureuse de lui à
l'instant où il s'est assis à ma table, à La Nouvelle-
Orléans. A ce moment-là, tout était déjà perdu.

— Rien n'est perdu. Pas du tout.

— Que peut-elle faire, maintenant ? s'enquit Christie.

— Exactement ce qu'elle fait. Le chambouler, le
mettre dans tous ses états. Le rendre fou de désir.

— Dans quel but ? demanda Jane.

Margaret les regarda de son air sévère, comme si elles
faisaient exprès de ne rien comprendre.

— Mais bon sang ! pour l'envoyer promener et sauver
sa fierté !

— Ma fierté, répéta Emma. Comment veux-tu que je la sauve ? Je suis amoureuse de lui, et il ne m'aime pas.

Margaret la prit par les épaules, et la fixa dans les yeux.

— Tu me fais confiance ?

— Je ne sais plus. Pas quand tu me regardes comme ça.

— Je suis très sérieuse, Emma.

— D'accord, je te fais confiance.

— Alors, tu me crois quand je t'affirme que la pire chose que tu puisses faire maintenant, c'est d'abandonner ?

Emma soupira.

— J'essaie. Mais ce n'est pas facile.

— Je n'ai jamais dit que c'était facile. Promets-moi simplement de ne pas passer l'éponge. De ne pas démissionner. De continuer à suivre notre plan comme si rien n'avait changé.

— Tu me demandes trop, Margaret.

— Non. Je sais que tu peux le faire. Tu es forte, Emma. Plus forte que tu ne l'imagines.

Emma avait envie de refuser. D'oublier toute cette histoire. Mais en regardant Margaret dans les yeux, elle ne le pouvait pas. Elle avait déjà déçu son amie une fois. Elle ne voulait pas que cela ait lieu une seconde fois.

— D'accord, dit-elle.

Margaret sourit.

— Formidable. Maintenant, arrange ton maquillage. Tu as du travail qui t'attend.

Emma se regarda dans le miroir, et se mit à rire.

— C'est une vraie catastrophe...

— Christie va t'apporter ton sac. Venez, les filles. Allons-y.

Jane lança un regard intrigué à Margaret.

— Je ne comprends rien.

Emma entendit Margaret murmurer :

— Je t'expliquerai plus tard.

Mais quand elle se retourna pour demander, elle aussi, des explications, les filles étaient parties. Elle était seule. Seule avec elle-même, qui venait d'accepter de continuer cette comédie. Et qui savait que Michael ne l'aimait pas, et ne l'aimerait jamais. Quoi qu'il arrive, elle aurait mal, très mal, encore très longtemps.

13.

— Ça va, Mike ?

Michael regarda Jim Cowling d'un air légèrement égaré. Il lui fallut une seconde pour enregistrer les paroles qu'il venait d'entendre. Puis, il hocha la tête, mais ça n'allait décidément pas bien du tout.

Il fixa Jim, penché en avant, et assis dans le fauteuil placé devant le bureau.

— Je voudrais vous demander... Que savez-vous d'Emma Roberts ?

Jim parut surpris par cette question.

— Eh bien, j'avoue qu'elle est très différente de celle que je m'attendais à rencontrer.

— Vous vous attendiez à quoi ?

— Je ne sais pas très bien. Pas à cette personne, en tout cas. D'après Randy, elle est remarquablement intelligente, et elle a encore beaucoup à apporter à la compagnie. Il a dit également qu'elle était plutôt du genre timide. Mais elle ne me semble pas timide le moins du monde.

Michael se demanda si Jim avait vu le petit jeu d'Emma avec son pied, lors de la première réunion du comité de direction. Non. Il n'avait pas regardé sous la table. Peut-être avait-il deviné ce qui se passait, mais Michael en doutait. Son jugement d'Emma était fondé sur l'apparence de la jeune femme, et sur sa nouvelle attitude. En effet, on ne pouvait pas dire qu'elle était timide.

146

— Pourquoi me demandez-vous cela? Vous croyez qu'elle pourrait quitter la *Transco*? J'ai entendu dire que la Shell voulait l'engager. Ce serait très ennuyeux. Ils vont lui proposer beaucoup d'argent.

Michael n'aimait pas ça.

— Trouvez combien ils comptent lui offrir, voulez-vous?

— Entendu. C'est ça qui vous tracasse?

— Comment?... Oh! oui. Vous avez tout ce qu'il vous faut?

Jim fronça les sourcils.

— Absolument. Mais je me demande si vous ne devriez pas voir un médecin. Vous n'avez pas tellement bonne mine.

— Merci.

— C'est vrai, vous savez. Je ne vous raconte pas d'histoires. Vous n'avez pas l'air bien depuis lundi. Y a-t-il quelque chose que vous vouliez me dire?

— Oui, répondit Michael en souriant. J'ai l'impression d'être... enceint.

— Très drôle. Vraiment très drôle.

— Bon, ce sera tout, Jim. Vous pouvez y aller.

Jim se leva, et prit son attaché-case.

— Nous ne pouvons pas nous permettre de vous laisser tomber malade, mon vieux. Pensez un peu à vous, et à la compagnie. Ne vous fourrez pas la tête sous le sable. Faites du sport. Prenez des vacances. Faites ce qu'il faut, d'accord?

Michael se leva lui aussi. Il fit le tour du bureau, et posa la main sur l'épaule de son ami.

— Ne vous faites aucun souci. Je n'ai pas l'intention d'avoir un infarctus. Du moins pas aujourd'hui.

Jim lui lança un dernier regard pas vraiment rassuré, et sortit en secouant la tête. Après son départ, Michael fixa la porte un long moment. Naturellement, il pensait à Emma.

Le mariage.

Il n'avait pas prévu ça. Il aurait dû... Emma était une femme, après tout. Et il n'y avait pas pensé un seul instant. Peut-être à cause des circonstances de leur rencontre. Ou peut-être parce que la « nouvelle » Emma ne ressemblait pas à l'idée qu'il se faisait — lui ou d'ailleurs, n'importe qui d'autre — d'une épouse et d'une mère. Mais maintenant qu'elle avait mis ça sur le tapis, il y pensait de plus en plus. Et franchement, ça lui donnait les chocottes.

Il n'avait pas l'intention de se marier. Pas maintenant. Ni plus tard. Pour lui, le célibat était en somme une religion. Il y croyait dur comme fer. Il ne l'avait jamais avoué de sa vie à quiconque, mais s'il était un célibataire aussi convaincu, c'était en grande partie parce que les femmes aimaient l'argent et le pouvoir. Le mélange des deux avait été, et serait toujours, un aimant qui les attirait irrésistiblement. La formule fonctionnait depuis longtemps pour lui, et il ne voyait aucune raison d'y renoncer maintenant. Pas même pour Emma.

Rien que pour s'en assurer, il s'approcha de son attaché-case, et en sortit son carnet d'adresses personnel. Rempli de numéros de téléphone de femmes belles et disponibles — des femmes capables de tenir un homme éveillé toute une nuit. Il l'ouvrit à la lettre C. Tiens, Toni Chapel. Un exemple parfait. Vingt-trois ans, près d'un mètre quatre-vingts, un goût particulier pour le grand air, et il ne pensait pas aux joies du camping. Il ne l'avait pas vue depuis longtemps. Peut-être aimerait-elle faire une promenade à pied dans la nature, ce week-end.

Prenant le téléphone, il décrocha, composa les trois premiers chiffres, et s'arrêta.

Toni était sensationnelle, oui, mais il devait reconnaître un point important. Elle n'était pas Emma.

Il raccrocha, de nouveau complètement abattu. Non seulement Emma Roberts faisait de lui un zombie à son travail, mais elle fichait en l'air toute sa vie sexuelle. Bravo. Magnifique. Il ne lui restait plus qu'à se tirer une balle dans la tête.

Très bien. Il n'existait qu'une seule solution. Il devait chasser Emma de ses pensées. De son cerveau. Certainement de sa libido. Mais comment faire ? Quitter le pays ? Bonne idée. Seulement, il venait d'acheter cette compagnie, et il ne pourrait pas se permettre de s'absenter pendant au moins six mois. La lobotomie ? Cela semblait raisonnable. Il se demanda si son assurance maladie couvrait ce genre d'intervention chirurgicale.

Michael s'assit brusquement dans son fauteuil de cuir, et se laissa aller contre le dossier. Il y avait une montagne de travail en retard sur son bureau, tout ce qu'il remettait à plus tard depuis lundi. Il fit pivoter le fauteuil vers la fenêtre, et contempla Houston.

Le mariage. Il avait toujours vu ça comme un marché de dupes, une espèce d'escroquerie à laquelle seuls les gogos se laissaient prendre. Passer le reste de sa vie avec une seule femme ? Et pourquoi pas manger du poulet à tous les repas jusqu'à sa mort ? C'était pareil. D'accord, avec Emma, ce serait comme manger du caviar. Mais toujours ? A tous les repas ? Tous les jours ?

A moins que...

Emma ne ressemblait à aucune des femmes qu'il avait rencontrées jusqu'ici. S'il y réfléchissait bien, elle n'était pas plus sexy. Non, ce n'était pas ça. Ce qui la rendait unique, c'est qu'elle était absolument imprévisible. Une énigme ambulante. Il ne savait jamais ce qu'elle allait faire à l'instant qui suivait. Et il avait l'impression que cela ne changerait pas, même s'il ne la quittait pas pendant cent ans.

Elle connaissait Frankl. Avec combien de femmes était-il sorti ? Il ne se hasarderait pas à en évaluer le nombre. Combien, parmi elles, avaient reconnu le design de Frankl ? Une seule. Et devinez laquelle ?

Elle aimait le jazz. C'est entendu, il avait connu plusieurs femmes qui aimaient le jazz, mais Emma préférait Charlie Parker !

Elle était intelligente. Bien sûr, il était déjà sorti avec des femmes intelligentes. Cela constituait même une de ses exigences de base. Les femmes stupides, sans cervelle, ne l'intéressaient pas. Mais l'intelligence d'Emma était exceptionnelle. Elle comprenait ce qu'il faisait, son travail, ses activités. Elle en savait tant sur les affaires que leurs conversations le stimulaient toujours. Il se souvint qu'ils avaient beaucoup parlé, à La Nouvelle-Orléans. Et Emma s'était montrée particulièrement perspicace. A ce moment-là, il avait pensé qu'elle devait être un atout de taille pour la compagnie, et son opinion n'avait pas changé. Il ne la laisserait pas partir pour travailler pour la Shell, ou pour n'importe quelle autre compagnie. La *Transco* avait besoin d'elle.

Lui, il avait besoin d'elle.

Michael se leva avec tant de brusquerie qu'il faillit renverser le fauteuil. Non. Il ne l'épouserait pas. Il ne le ferait pas même si elle était la femme la plus excitante du monde. Elle ne le pousserait pas à une extrémité pareille. Pas question. Celle qui le ferait changer d'avis au sujet du mariage n'était pas encore née. Il ne céderait pas. Jamais.

Emma vit Grace Porter, la secrétaire de Michael, assise seule à une table de la cafétéria, et l'air de s'ennuyer. Emma souleva son plateau — où elle venait de poser une salade, un soda et un flan au fromage blanc —, et se dirigea vers la table de Grace. Elle ne savait pas très bien d'où lui venait cette envie de lui parler. De plus, Emma avait un peu peur que Grace soit au courant de choses trop personnelles pour qu'Emma veuille les connaître. D'un autre côté, Grace travaillait avec Michael depuis des années.

— Je peux me joindre à vous ?

Grace leva les yeux, visiblement étonnée, mais elle sourit gentiment en hochant la tête.

En débarrassant le plateau de son déjeuner, Emma examina discrètement la jeune femme. Très séduisante, la quarantaine, soignée, calme, méticuleuse, mais avec des rides de rire autour des yeux et de la bouche, qui contrastaient avec son attitude presque sévère. Elle portait un tailleur chic, qui avait dû coûter cher, si Emma en croyait sa récente expérience du monde de la couture et du prêt-à-porter. Visiblement, la secrétaire de Michael gagnait bien sa vie.

Et comme elle s'asseyait, Emma vit que Grace l'observait, à son tour. Elle lui rendait la pareille. Rien de plus normal. C'était de bonne guerre.

— Je suis heureuse que vous soyez venue, dit Grace avec ce joli sourire qui mettait Emma à l'aise. Je n'ai pas eu le temps de faire connaissance avec beaucoup de gens, ici. Et je connais le patron, dès que je me serai fait quelques amis, il faudra partir.

Le cœur d'Emma se serra. Bien sûr, elle savait que Michael ne resterait pas ici, mais l'entendre confirmer de vive voix lui faisait toujours mal. Elle inspira à fond, et expira lentement.

— Depuis combien de temps travaillez-vous pour Michael ?

— Presque dix ans, répondit Grace. Je n'arrive pas à y croire.

— Je comprends. Le temps semble passer un peu plus vite chaque année.

— Attendez d'avoir quarante ans. Vous verrez, vous serez étonnée.

Emma commença à manger la salade sans enthousiasme.

— Ce doit être passionnant de travailler pour lui.

— Oui. Le seul problème, c'est que je ne reste pas au

même endroit très longtemps. Mais aller d'une compagnie à une autre a aussi ses avantages. Je ne m'ennuie jamais.

— Je m'en doute.

— Ici, par exemple...

Grace but une gorgée de soda, et avala un morceau de poisson.

— Rien ne se passe comme d'habitude, acheva-t-elle.

— Comment ça ?

— Eh bien, c'est toujours le même scénario. M. Craig est ce qu'on pourrait appeler un bourreau de travail. Il fait tout, il est partout. Il faut qu'il contrôle tout depuis le début.

— Ici, il n'est pas comme ça ?

La secrétaire de M. Craig secoua la tête. Emma remarqua que ses courts cheveux bruns commençaient à grisonner, mais cela lui allait vraiment bien.

— Non, cette fois, il est différent.

Comment faire pour en savoir plus, comme Emma en brûlait d'envie ? Elle ne pouvait tout de même pas interroger directement Grace. Et elle se demandait si Michael était différent à cause de ce qui s'était passé à La Nouvelle-Orléans. Ou parce que, depuis son arrivée ici, il ne savait plus très bien où il en était, tout comme elle.

— Par exemple, le week-end dernier...

Emma retint son souffle.

— Il avait prévu de rentrer de voyage le samedi. Tout de suite après avoir fait l'offre. Mais il n'est pas revenu.

— Il a fait l'offre samedi ?

Grace hocha la tête.

— Oui, samedi matin. L'avion devait le ramener dans l'après-midi, mais il l'a décommandé.

Maintenant, le cœur d'Emma battait à toute allure. Elle avait du mal à croire ce qu'elle entendait. Michael avait fait l'offre à Phil samedi matin... Ce qui signifiait qu'il avait obtenu vendredi tous les renseignements qu'il désirait. Ce qui signifiait aussi qu'il était avec elle samedi soir parce que...

— Je crois qu'il est resté à cause de vous, déclara tranquillement Grace.

Emma cessa de respirer quelques secondes.

Grace eut un petit rire.

— Je suis sa secrétaire particulière, dit-elle, c'est-à-dire au courant de toute sorte d'informations.

— Mais comment avez-vous...

— Je travaille avec lui depuis dix ans, Emma, je le connais bien. Il lui arrive quelque chose, et mon intuition me dit que c'est à cause de vous.

Un million de questions se bousculèrent dans la tête d'Emma, mais une seule lui parut opportune.

— Pourquoi me dites-vous cela?

— Parce que j'ai de l'affection pour lui. C'est quelqu'un de bien. Oh! il est parfois sans pitié, mais il est juste aussi. Il serait très mécontent que ça se sache, mais il ne profite jamais du malheur de quelqu'un. Quand il prend le contrôle d'une société, il fait vraiment tout ce qu'il peut pour que l'ensemble du personnel reste à son poste, et que personne ne soit jeté dehors. Avec lui, il n'y a jamais de licenciements arbitraires. Si des gens n'ont pas la compétence nécessaire pour un nouveau poste, il les engage dans une autre de ses compagnies.

— Mais, ce qu'il m'a fait...

Emma s'interrompit, craignant de dépasser les bornes.

— Je ne sais pas très bien ce qui s'est passé entre vous deux, poursuivit Grace, mais je vais vous dire encore quelque chose. Je ne l'ai encore jamais vu dans un état pareil. Jamais. Et à votre place, je resterais dans les parages pour voir ce qui va arriver. Il en vaut la peine.

Les joues brûlantes, Emma fixa le flan au fromage blanc. Les pensées tournaient dans sa tête à une telle allure qu'elle en avait le vertige.

Grace consulta sa montre, et se leva.

— Je suis désolée. Je n'ai plus le temps de bavarder. Il est temps que je me remette au travail.

Emma réussit à sourire.

— Je le regrette, moi aussi.

— J'aimerais que nous devenions amies. Il est possible que je reparte bientôt. Mais qui sait ? Peut-être que, finalement, je resterai ici.

— J'aimerais bien, dit Emma avec sincérité.

Elle éprouvait de la sympathie pour Grace. Pas seulement parce qu'elle était la personne la plus proche de Michael, mais parce qu'elle semblait solide et intuitive. Deux qualités qu'Emma respectait par-dessus tout.

Avant de s'éloigner, Grace posa la main sur l'épaule d'Emma en un geste rassurant. Mais dès qu'elle se retrouva seule avec ses pensées, Emma se sentit terriblement agitée et inquiète. Il fallait qu'elle réfléchisse, qu'elle s'éclaircisse les idées. Et pour cela, il aurait mieux valu qu'elle se trouve dans un endroit calme et paisible, loin d'ici, de Michael, de Margaret, Christie et Jane.

Ce qu'elle venait d'apprendre faisait-il une différence ? En tout cas, Michael s'était servi d'elle pour acquérir la compagnie. Voilà qui ne changeait pas. Il n'avait pas fait l'amour avec elle pour obtenir des renseignements, mais il lui avait menti quand même. Et que ce samedi soir ait été formidable n'excusait pas le reste.

Pourtant, cela signifiait qu'il avait dit la vérité, en assurant lui avoir fait l'amour pour des raisons personnelles... Pour la première fois depuis que Michael était entré dans le bureau de Phil, elle pouvait penser à cette soirée sans qu'un sentiment d'humiliation n'anéantisse complètement sa capacité de raisonner.

Elle se souvint du visage de Michael tandis qu'il la regardait. De son regard surpris, de sa passion, de son désir d'elle. Et s'il n'avait pas joué la comédie ? Si tout cela avait été authentique, vrai, et pas une illusion ?

154

Etait-il possible qu'il soit tombé amoureux d'elle, comme elle-même de lui ?

Emma n'avait jamais cru au coup de foudre. Son esprit pratique pouvait trouver une douzaine de raisons prouvant qu'il n'existait pas. Pourtant, ça lui était arrivé. Elle était tombée amoureuse de Michael à l'instant où il s'était assis à sa table. Et le reste du week-end avait simplement confirmé, renforcé ses sentiments. La malchance voulait qu'elle découvre l'amour pour la première fois, avec un homme comme Michael. Mais elle n'y pouvait rien. A part oublier cet homme. Si c'était possible.

Ses plus puissants alliés avaient été les faits, la réalité. Elle s'y était cramponnée chaque fois que ses émotions la submergeaient. Pour sauver sa vie. Maintenant, ces faits s'estompaient, et elle n'était pas contente.

Si Michael l'aimait, ne lui aurait-il pas répondu autrement quand elle avait parlé mariage ? En aurait-il écarté l'idée avec autant de véhémence ?

Comment savoir ? Tous les renseignements qu'elles avaient trouvés à son sujet prouvaient qu'il tenait pardessus tout à sa liberté. Il n'avait jamais eu de relation avec une femme qui ait duré plus de six mois. Le plus souvent, il s'agissait de brèves aventures et, à la grande surprise d'Emma, beaucoup de femmes qu'il connaissait continuaient à sortir avec lui, même quand elles ne l'avaient pas vu depuis des mois.

En découvrant cela, elle avait su qu'elle-même n'en serait pas capable. Avec Michael, c'était tout ou rien pour elle. Elle serait devenue folle s'il avait fallu attendre qu'il appelle pendant des mois, et même seulement pendant des jours.

Mais pourquoi se soucier de ça ? Pourquoi ne pas être aussi calme et désinvolte intérieurement qu'elle le paraissait en apparence ? Elle avait espéré qu'en devenant la nouvelle Emma, elle aurait cette confiance en elle qu'elle voyait aux autres femmes. Grace, par exemple.

Elle devait être solide comme un roc quoi qu'il arrive. A moins que ce ne soit qu'une façade, pour elle aussi? Est-ce que les gens étaient vraiment ce qu'ils paraissaient? Tous? Toujours? Et Michael? Etait-il aussi désorienté qu'elle-même? Ne savait-il pas ce qu'il fallait faire, lui non plus?

— Grace m'a dit que je vous trouverais ici.

En entendant sa voix, Emma leva les yeux. Et elle eut instantanément la réponse à la question qu'elle se posait à l'instant. Il savait très bien quoi faire. A l'évidence, rien ne pouvait l'empêcher d'obtenir ce qu'il désirait, et comme il le voulait.

Il suffit à Emma de le voir dans ce costume sombre, avec sa mâchoire volontaire, pour qu'elle sente son ventre se contracter d'une manière que lui seul pouvait provoquer. Avant cet instant, elle n'avait eu cette réaction bien particulière qu'en le touchant, ou en se tenant tout près de lui. La zone dangereuse s'élargissait autour de lui. Bientôt, elle ne serait même plus en sécurité dans le même Etat que lui.

— Que puis-je faire pour vous, monsieur Craig? demanda-t-elle, certaine que lui savait exactement ce qu'il allait lui faire.

— Auriez-vous un moment? J'aimerais vous parler dans mon bureau.

Non. Elle n'irait pas. Son bureau n'était pas assez grand. Elle se sentirait terriblement mal dès qu'il ouvrirait la porte. Quoi qu'il en soit, elle se leva.

— Mais vous n'avez pas fini de déjeuner... Je peux attendre.

— Je n'avais plus faim.

Et ils se dirigèrent vers la porte.

Ils traversèrent le hall en silence. Emma tentait de pratiquer toutes les techniques de relaxation qu'elle connaissait. Mais il était trop proche d'elle pour que ça marche.

En arrivant à la réception, elle vit Grace, qui lui sourit gentiment. Voulait-elle lui faire un signe ? Grace savait-elle pourquoi Michael était venu la chercher ? N'y avait-il pas de la pitié dans ce sourire. Oh ! Seigneur !

Devant la porte du bureau, Michael s'effaça pour la laisser entrer la première. Elle essaya de marcher en balançant les hanches, le dos droit, la poitrine en avant, mais ses pensées s'embrouillèrent encore davantage, et elle trébucha sur la moquette. Michael tendit la main, et l'aida à retrouver l'équilibre. Dès qu'il la toucha, toute illusion de sécurité la quitta. Elle était désormais une catastrophe ambulante, incapable de la moindre pensée cohérente, et même de parler.

Elle leva les yeux vers Michael, juste à temps pour voir une légère panique dans ses yeux. Il la lâcha, toussota, et marcha rapidement jusqu'à son bureau.

— Je... je voulais vous parler, dit-il, debout derrière son fauteuil. J'ai une proposition à vous faire.

Pendant une seconde terrible, Emma crut qu'il allait lui proposer le mariage. C'était le même mot, elle s'en rendit compte aussitôt. Mais déjà, son cœur cognait à grands coups dans sa poitrine. Ses pensées s'embrouillaient toujours plus. Elle s'approcha du fauteuil placé devant le bureau, et se cramponna au dossier de peur de faire quelque chose d'aussi ridicule que tomber dans les pommes. Plus personne ne s'évanouissait aujourd'hui.

— J'ai pensé à ce que vous m'avez dit, poursuivit-il. Au sujet de... de nous.

Incapable d'articuler un son, elle hocha la tête.

— Je ne veux pas que ceci... En toute franchise, je ne sais pas très bien pourquoi. Mais c'est sans importance. Le fait est que je veux être avec vous, Emma. Je ne veux pas que vous quittiez la compagnie. Je ne veux pas que vous me quittiez.

— Je vois, dit-elle.

Elle ne voyait rien du tout. Quel genre de proposition avait-il donc en tête ?

— Je crois que je sais ce que vous souhaitez. Je ne peux pas vous le donner, mais je peux vous offrir quelque chose de proche.

Elle crispa les doigts sur le dossier du fauteuil. Comment faisait-il pour avoir l'air si calme ? si à l'aise ? Baissant les yeux, elle vit que, lui aussi, il serrait bien trop fort le dossier de son fauteuil. Comme elle. Cela la rassura un peu — très peu.

— J'aimerais que vous soyez ma...

Il s'interrompit, fronça les sourcils.

— Je voudrais vous...

De nouveau, il fit une pause, l'air plus préoccupé que jamais.

— L'arrangement auquel je pense...

— Vous me demandez d'être votre maîtresse, Michael ?

Il parut d'abord soulagé. Puis, il la regarda, et retrouva son air soucieux.

— Oui, dit-il. Ce n'est pas le mariage. Mais c'est ce que je peux faire de mieux.

Brusquement, Emma comprit qu'il lui disait la vérité. C'était réellement ce qu'il pouvait lui offrir de mieux. Et c'était bien plus que ce qu'elle avait espéré. Mais pourrait-elle le vivre ? Serait-elle heureuse d'être la maîtresse de Michael Craig ? En fait, elle n'en savait rien. Son intuition lui disait que non. Tandis que son cœur lui disait d'attendre et d'écouter, et que c'était ça ou rien.

— Emma ?

Elle ouvrit la bouche pour refuser. Au lieu de ça, elle s'entendit dire :

— D'accord.

14.

Michael était stupéfait. Il n'aurait jamais cru qu'elle allait accepter. Il l'avait souhaité, mais les chances étaient si faibles qu'il avait fini par se résigner à ce que ça finisse mal. Emma acceptait d'être sa maîtresse !

— Vous en êtes sûre ? dit-il, encore incapable de croire ce qu'il venait d'entendre.

Elle hocha la tête, mais elle semblait aussi incrédule que lui. Il lâcha le dossier du fauteuil, et s'approcha d'Emma. Elle était si belle dans ce tailleur blanc. Le bas de la veste atteignait presque celui de la jupe très courte, et ses jambes magiques étaient allongées par les escarpins blancs à talons hauts.

Il imagina un moment qu'elle était à lui. Il la vit en train de l'attendre impatiemment dans le nouvel appartement acheté pour elle. Il aurait déjà voulu la voir enlever cette veste, cette jupe. Il se demanda si elle portait ces bas qui tenaient tout seuls à mi-cuisses. Il l'espérait.

Le regard de Michael remonta jusqu'au visage d'Emma. Le conflit qu'il y lut le rendit honteux de ses pensées érotiques. Elle venait de prendre une décision importante. Lui aussi, d'ailleurs. Il avait beaucoup réfléchi avant de lui demander d'être sa maîtresse pour une longue période. devait-il le faire ? Etait-ce bien sage ? Il avait changé d'avis cent fois. Le pas était vite franchi de la maîtresse à l'épouse, et il n'était pas sûr de vouloir en arriver là. Mais perdre Emma, ça, il refusait de l'envisager.

— Vous en êtes bien sûre ? demanda-t-il de nouveau.

Et prenant l'adorable visage d'Emma entre ses mains, il le regarda attentivement, et il comprit que si elle avait dit oui, cela signifiait peut-être.

— Parlez-moi, dit-il en la lâchant.

Aussitôt, il eut envie de la sentir encore, et il lui prit les mains.

— Je... Vous m'avez surprise, murmura-t-elle timidement.

— Vous n'êtes pas obligée de vous décider tout de suite. Vous pouvez y penser.

— Je veux...

— Quoi, Emma ? Que voulez-vous ?

Elle retira ses mains, et recula d'un pas.

— Je veux y réfléchir.

— Souvenez-vous, dit-il avec un petit sourire. Votre premier réflexe a été d'accepter. C'est important.

Elle sourit à son tour, mais ce sourire n'atteignit pas ses yeux.

— Je m'en souviendrai.

— Très bien. Nous en parlerons demain ?

Elle hocha la tête. Et comme elle se dirigeait vers la porte, il remarqua qu'elle ne balançait plus les hanches en marchant. Il aimait aussi cette démarche. Ce qu'elle faisait, comment elle se comportait, ou ce qu'elle portait, ne comptait plus vraiment. Il adorait toutes les Emma existantes. Maintenant, il ne lui restait plus qu'à attendre, et à espérer qu'elle dirait oui encore une fois.

— Il m'a demandé d'être sa maîtresse.

— Quoi ?!

Margaret se leva brusquement, poussant une pile de papiers sur son bureau, et les faisant glisser sur le sol sans s'en apercevoir.

160

— Il m'a demandé d'être sa maîtresse.

— Qu'a-t-il dit quand tu l'as giflé ?

Emma fixa ses pieds.

— J'ai accepté.

Margaret se rassit. Pendant un long moment, on aurait entendu une mouche voler dans la pièce. Puis, le téléphone sonna. Emma sursauta. Margaret ne répondit pas. Les autres non plus.

Quand la sonnerie s'arrêta, Emma osa lancer un autre coup d'œil à son amie. Celle-ci la fixait, l'air soucieux.

— Pourquoi as-tu fait ça ? demanda finalement Margaret.

Elle posa cette question d'une voix douce, presque aimable. Emma aurait bien préféré qu'elle soit en colère.

— Je ne sais pas. Peut-être parce qu'il ne s'attendait pas que je le fasse. Ou bien parce que je ne m'y attendais pas moi-même.

— Ou peut-être parce que tu en avais envie ?

Emma s'approcha du canapé, et s'y assit, enlevant ses escarpins à talons hauts, et repliant une jambe sous elle.

— Je l'ignore, Margaret. Je ne sais plus où j'en suis. Comment ai-je pu me fourrer dans ce pétrin ?

— Je ne sais pas, ma chérie. En tout cas, ce type doit être vraiment spécial pour que tu sois allée aussi loin.

— Il est spécial. Mais ce qui m'inquiète, c'est que pendant un moment j'ai réellement envisagé de devenir sa maîtresse. Moi. Il ne veut pas se marier avec moi. Ce qu'il souhaite, c'est que je sois là, près de lui, pour... Enfin, tu vois. Et ce n'est pas ce que je veux.

— Que vas-tu faire ?

— C'est ce que je te demande...

Margaret secoua la tête.

— Je crois que je me suis trop mêlée de tout ça. A partir de maintenant, je ne suis plus qu'une amie. Une amie neutre. Comme la Suisse.

— Oh, non ! Tu ne peux pas me laisser tomber maintenant. Après ce que j'ai traversé.

— Est-ce que je t'ai aidée? Tu vois bien que non. Tu es toujours dans le pétrin.

— Sans toi, Christie et Jane, j'aurais démissionné tout de suite. Et je serais chez moi en train de pleurer toutes les larmes de mon corps, sans le moindre revenu.

— Ce ne serait pas pire que ce que tu vis en ce moment.

— Au moins, j'ai un salaire.

— Est-ce que tu peux m'expliquer quelque chose?

— Je vais essayer.

— Qu'est-ce qu'il a de si particulier?

— Qui?

Emma se tourna vers la porte tandis que Christie et Jane revenaient de déjeuner.

— Que se passe-t-il? s'enquit Jane. Quelqu'un veut mon brownie? Si je le garde, je vais le manger.

Emma secoua la tête.

— Alors? demanda Christie en posant son sac sur son bureau et en se laissant tomber dans son fauteuil. Pourquoi as-tu cet air-là? On dirait que ton chat vient de se faire écraser.

— Michael lui a demandé de devenir sa maîtresse, dit Margaret.

— Quoi?

Christie se pencha en avant, et Jane s'assit.

— Et elle a accepté.

— Quoi? firent-elles en chœur de nouveau.

— Pas de panique. Je ne vais pas tenir parole.

— Pourquoi pas? dit Christie.

— Ah! non, tu ne le feras pas, décréta Jane avec un regard sévère pour Christie.

— Pourquoi? répéta Christie, cette fois pour Jane. Elle est folle de lui, et il est dingue d'elle. Elle n'aura pas d'alliance. La belle affaire!

— Je te rappelle qu'il s'agit d'Emma. Elle n'est pas faite pour être la maîtresse d'un homme. Notre Emma mérite une alliance.

Margaret intervint.

— Vous avez déjà oublié ce qu'a fait cet homme ? Il a couché avec elle pour pouvoir acheter la compagnie.

— Ce n'est pas tout à fait exact, fit Emma.

Les trois femmes se tournèrent vers elle.

— J'ai déjeuné avec Grace, aujourd'hui. Sa secrétaire.

— Nous savons qui c'est, fit Christie.

— Elle m'a dit que Michael a fait l'offre à Phil samedi matin.

— Et alors ?

— Eh bien, cela signifie qu'il aurait pu quitter La Nouvelle-Orléans à ce moment-là. Il avait ce qu'il voulait. Mais il est resté.

— Il s'est tout de même servi de toi, rappela Margaret.

— Je sais, répliqua Emma, mais ça fait une différence. Il était avec moi samedi soir parce qu'il en avait envie. Pas seulement parce qu'il voulait des renseignements.

— Quelle décision ahurissante ! dit Margaret, sarcastique. Cette belle femme lui fournit les moyens d'acheter une nouvelle compagnie, et se jette dans ses bras. Entre revenir à Houston pour travailler avec ses avocats, ou rester et essayer de réveiller la Belle au bois dormant d'un baiser, qu'a-t-il choisi ?

Emma rougit.

— Ça ne s'est pas passé comme ça.

— Non ? Ça s'est passé comment... ?

Elle ferma les yeux, et les images de cette soirée lui revinrent à la mémoire.

— Je n'ai jamais rien vécu de mieux. C'était magique.

— Ce qui nous ramène à ma question : qu'est-ce qu'il a de si particulier ?

— Il m'écoute, répondit Emma. Il m'écoute vraiment. Ce que je dis l'intéresse. Il le prend en considération.

— Et puis ? murmura Margaret en se penchant en avant, et en posant les coudes sur les genoux.

— Avec lui, je me sens belle. Bien plus que dans ces

vêtements ou avec cette coupe de cheveux. Avec lui, je me sens...

— Sexy ? suggéra Christie.

Emma hocha la tête.

— Et bien plus encore.

— Quoi ? demanda Jane.

— Je me sens moi-même, entière, répondit Emma en fixant ses mains.

— Ça règle le problème, assura Margaret après un silence.

Emma se risqua à lui lancer un coup d'œil. Redressée dans son fauteuil, elle avait maintenant son air à lancer des torpilles tous azimuts.

— Quel problème ?

— Tu auras ton Michael Craig. Et il sera ton mari.

Michael consulta sa montre pour la dixième fois en quelques minutes. Bientôt midi, et pas de nouvelles d'Emma.

Il avait laissé un mot sur son bureau, chez elle, à la réception. Mais elle n'avait pas appelé.

Ainsi, elle refusait. Très bien. Il avait bien pensé qu'elle changerait d'avis. Pourquoi aurait-il eu besoin d'entendre Emma le lui dire ?

Au moins avait-il abattu du travail. Pas beaucoup, mais cela prouvait quand même qu'il tenait le coup. Sans cela, Jim Cowling aurait été capable d'appeler assez vite les hommes en blouse blanche. Cependant, il ne pouvait pas se concentrer. Pas avec ce qui était suspendu au-dessus de sa tête. Finalement, il avait besoin d'entendre les mots de la bouche d'Emma pour faire taire l'espoir en lui.

Il n'en pouvait plus d'attendre. Il se leva, et se mit à aller et venir dans le bureau.

— Monsieur Craig.

Il s'arrêta dans le bureau de Grace. Celle-ci avait fini

d'emménager, et tout dans la pièce était rangé, en ordre. Il se dit que ce devait être ainsi depuis un bon moment, et qu'il ne l'avait pas remarqué.

— C'est formidable, Grace.

— Merci. Je ne sais pas si je pourrais vous en dire autant, mais j'ai entendu une information, ce matin, dans les toilettes.

— Ah, oui?

— La Shell a fait une proposition à Emma Roberts.

Michael sentit le rythme de son pouls s'affoler. Il fit un effort pour ne pas se pencher sur le bureau, et prendre Grace par les épaules.

— Oh?

— Il semble qu'elle ait accepté.

Michael jura. A en juger à l'expression de Grace, il avait juré à haute voix.

— Je suis sûre qu'elle se laisserait convaincre par une contre-proposition.

— Oui, dit-il. Merci.

Il s'éloigna rapidement, et se dirigea vers le bureau d'Emma. Lorsqu'il y arriva, il se sentait un peu plus calme. Il entra, et la vit. Elle emballait ses affaires. Il toussota, au cas où il aurait encore juré tout haut malgré lui.

Quatre têtes se tournèrent vers lui. Margaret raccrocha le téléphone. Christie et Jane le regardèrent avant de fixer Emma, et de revenir à lui. Quant à Emma, elle leva à peine les yeux vers lui.

— Alors, c'est vrai, dit-il.

Il fut surpris de voir qu'Emma portait une robe longue et ample, au lieu des tailleurs ajustés qu'il lui avait vus tout au long de la semaine. Elle ressemblait à l'Emma de La Nouvelle-Orléans, ce qui ne simplifiait pas les choses à Michael.

— J'allais passer vous voir après avoir fini ici, dit-elle.

— Vous me l'avez promis.

— Parfois, les gens ne disent pas la vérité. Ça arrive.

Il lança un regard significatif à Margaret. Elle comprit tout de suite, et entraîna ses deux amies hors du bureau. Avant de sortir, toutes les trois rassurèrent Emma du regard ou d'une petite tape amicale, et Michael en déduisit qu'elles la soutenaient dans sa décision de partir.

Lorsqu'il fut seul avec Emma, il ferma la porte.

— Je croyais que nous devions parler.

— Nous pouvons le faire maintenant.

— Alors, vous partez ?

Elle mit une photo de sa mère et de sa sœur dans le grand carton ouvert sur son bureau.

— Oui.

— Puis-je savoir pourquoi ?

Très calme, elle se tourna vers lui.

— Je ne suis pas le genre de fille qu'un homme prend pour maîtresse, Michael. Nous le savons tous les deux.

— Comment le savez-vous ? Vous n'avez jamais essayé.

Elle secoua la tête.

— Ça ne marcherait pas, Michael.

Il s'approcha d'elle.

— Je ne veux pas que vous partiez.

— Je ne peux pas rester. Ce ne serait pas correct.

— Vous croyez que ce serait trop dur pour moi de vous voir tous les jours ? Je n'ai jamais rien fait pour vous compromettre, Emma.

— Je ne parlais pas de vous.

Il n'avait pas pensé à ça.

Elle eut un sourire triste.

— Nous aurions déclenché une petite tornade, dit-elle d'une voix si douce qu'il faillit en gémir de chagrin. Nous serions devenus fous. Il est temps de se calmer. De vivre avec ça. Ici, je ne pourrai pas.

— Ne partez pas, Emma. La compagnie a besoin de vous.

Il lui caressa la joue du revers de la main.

— J'ai besoin de vous, ajouta-t-il.

— Non, pas du tout. Vous verrez. Dès que je ne serai plus là, vous verrez.

— J'ai une idée, dit-il, conscient de parler d'un ton désespéré. Recommençons tout. Vous allez prendre des vacances... une semaine ou deux. Et quand vous reviendrez, nous repartirons de zéro, lentement. Nous apprendrons de nouveau à nous connaître l'un l'autre. Nous verrons bien où ça nous mènera.

— Je sais où ça nous mènera. Exactement où nous en sommes maintenant. Nous ne demandons pas les mêmes choses à la vie, Michael. D'où que nous partions, nous nous retrouverons au même point.

Elle avait raison, bien sûr. Et ça n'en était pas plus facile.

Il la contempla un long moment — son visage, ses yeux. Il ne l'oublierait jamais, même s'il le fallait pour continuer à vivre.

Soudain, elle le surprit. Elle se pencha en avant, et l'embrassa sur la bouche avec une folle douceur. Il gémit de nouveau, et la prit dans ses bras. Puis, il la serra très fort, comme s'il ne voulait plus jamais la laisser partir. Et il l'embrassa avec une passion désespérée. Elle répondit à ce baiser avec la même ferveur. Les mains de Michael bougeaient fébrilement sur le corps d'Emma, tandis qu'elle le caressait elle aussi avec la même frénésie. Il s'écarta une seconde pour la regarder, mais quand il vit les larmes rouler sur les joues de la jeune femme, il la lâcha.

— Je suis désolé, dit-il.

— Ne le soyez pas. Je n'aurai pas de regret. Impossible. Vous m'avez donné ce qu'il y a de plus extraordinaire, Michael.

— Quoi ?

Elle le regarda dans les yeux, et il sut que c'était pour la dernière fois.

— Moi.

***

Emma essaya très fort d'y croire. Elle regarda ses amies, Margaret, Christie, Jane, et maintenant Grace. Elles étaient pleines d'espoir, certaines que tout allait marcher parfaitement. Elle ne possédait pas la même foi.

Elle songea au week-end à La Nouvelle-Orléans, il y avait si peu de temps. Elle s'était sentie comme Cendrillon. Une princesse en gestation. Certaine que le prince allait frapper à sa porte. Seulement voilà, le petit soulier de vair ne lui allait pas. Elle ne serait pas princesse, elle ne croyait plus au bonheur, malgré les vœux des bonnes fées, ses marraines.

— Tiens bon, Emma. Tout ira bien.

— C'est un homme très intelligent. Il va vérifier l'information, c'est sûr. Il va tout découvrir, Margaret.

— Non. De plus, même s'il appelle la Shell, nous sommes couvertes.

— Mais s'il ne change pas d'avis, lundi, je n'aurai plus de travail.

— Bien sûr que si, fit Grace. La Shell veut réellement vous engager. Mais j'espère que vous allez reconsidérer la question, et rester ici.

— Si les choses tournent mal, je n'en serai pas capable, Grace. Merci quand même.

Sa nouvelle amie sourit.

— Je le connais bien, Emma. Inutile de vous inquiéter. Depuis son arrivée ici, il ne fait que penser à vous. Rien d'autre. Il laisse son travail s'empiler sur son bureau. Je vous jure qu'il vous aime. C'est la seule explication.

— Peut-être qu'il m'aime, mais ça ne veut pas dire qu'il veut m'épouser.

— Il ne faut pas oublier que c'est un homme. Et les hommes sont lents à comprendre ces choses-là. Il a simplement besoin d'un petit coup de pouce, c'est tout.

— Pour un coup de pouce...

— Grace a raison, dit Christie. Et puis, qu'est-ce que tu as à perdre ?

— C'est vrai, Emma, renchérit Jane avec un sourire résolu. Moi aussi, je crois que tout ira bien. Et tu sais comme je suis sceptique, d'habitude.

— Merci, les enfants. Je ne sais pas ce que je deviendrais sans vous.

— Vas-y maintenant, je sens que, dans deux secondes, nous allons toutes pleurer, fit Margaret en soulevant le carton, et en le lui tendant.

Emma le prit. Avec le carton sur les bras, elle ne pouvait plus étreindre ses amies comme elle en brûlait d'envie. Et c'était mieux ainsi. Elle se serait effondrée, et tout son courage l'aurait probablement quittée. Et elle sortit rapidement du bureau. Dehors, elle se dirigea vers sa voiture, et le trajet jusqu'au parking lui parut bien plus long que d'habitude. Elle ne jeta pas un regard en arrière. Impossible. Elle laissait son cœur dans ce bâtiment.

Elle mit le carton dans le coffre, et s'installa au volant. Où aller, maintenant ? A la maison ? Sa mère se demanderait ce qu'elle faisait là, et elle serait malade d'inquiétude. Elle voudrait parler, et Emma n'en était pas capable pour le moment.

La ceinture de sécurité bouclée, elle mit la radio à fond, et se dirigea vers les cinémas. Elle allait essayer d'oublier en regardant un film, et en se gavant de pop-corn. Cela engourdirait la douleur un moment.

Michael présidait la réunion. Il y avait là Cowling et les directeurs de département. Ça n'était pas facile. Margaret était assise à sa droite, au lieu d'Emma. Il ne pouvait s'empêcher de penser à la dernière réunion, quand Emma l'avait caressé du pied, sous la table. Et à ce souvenir, il sentit le désir monter en lui.

Il se força à se concentrer sur la réunion, à écouter et à intervenir. Margaret le regardait d'un air bizarre, elle se demandait sans doute s'il allait parler d'Emma. Il ne le fit pas.

Quand il fut de nouveau seul dans son bureau, il s'obligea à rester calme, et à se concentrer sur son travail. Il y parvint pendant trois heures. Mais là, Emma revint en force dans ses pensées, et il dut poser son stylo.

Que faire? La laisser partir, sortir de sa vie? Allait-il pouvoir continuer comme s'il ne s'était rien passé entre eux? Non. Alors, quoi? Comment la faire changer d'avis? Comment la convaincre de revenir?

Il baissa les yeux sur son bureau, vit le prospectus d'une autre compagnie qu'il était en train d'acheter. Et il eut une idée.

Pour la première fois depuis très longtemps, il sourit. Il allait mettre le paquet — sa détermination, son savoir-faire, son habileté. Il ferait comme toujours. Il gagnerait.

15.

La limousine était garée devant chez elle. Naturellement, elle savait que c'était celle de Michael. Ce qu'elle ne savait pas, c'est ce qu'elle allait lui dire. Un instant, elle envisagea de ne pas s'arrêter, de trouver un motel, et d'y passer la nuit. Mais le plan ne prévoyait pas ça. Margaret avait prévu que Michael viendrait ici, même si elle s'était trompée sur le moment où il le ferait. En fait, il aurait dû venir demain. Et Emma aurait dû avoir le temps de se préparer à le revoir.

Il était un peu plus de 19 heures. Elle avait vu deux films, et pleuré sans arrêt tout au long des deux, même pendant la comédie. Elle se jeta un coup d'œil dans le rétroviseur, et soupira. Elle avait vraiment l'air d'une femme qui vient de pleurer pendant des heures. Le visage gonflé, les yeux rouges, le teint marbré, les cheveux emmêlés. Elle avait même réussi à renverser du soda sur sa robe. Parfait.

Emma poussa le bouton de la porte automatique du garage, et entra, espérant de toutes ses forces que Michael attendait dans la voiture, et pas dans la maison. Dans ce dernier cas, Dieu sait ce que sa mère et sa sœur avaient bien pu lui raconter. Sa mère avait certainement sorti les albums de photos, en lui offrant son horrible café, et en lui parlant de son arthrite. Emma préférait ne pas y penser.

Elle prit son sac, et descendit de voiture.

En entrant dans la maison, elle entendit la voix de sa mère dans le salon. La salle de bains ne donnant pas dans l'entrée, impossible de réparer les dégâts. Elle se redressa, leva le menton, et entra dans la pièce.

Elle n'y trouva pas Michael, mais Eddie.

Pour la deuxième fois cette semaine, elle s'installa à l'arrière de la limousine de Michael, en se demandant ce que la soirée allait apporter. Eddie venait d'ouvrir une bouteille de champagne pour elle, mais elle n'en versa pas dans la coupe. Mieux valait ne pas boire si elle voulait garder le contrôle d'elle-même et de la situation.

Elle regarda par la vitre, et ne reconnut pas la rue où ils roulaient. Eddie devait prendre un autre chemin pour rejoindre l'appartement, mais il ne semblait pas que ce soit bien raisonnable. Ils auraient dû être arrivés depuis au moins dix minutes. Peut-être y avait-il eu un accident sur l'autoroute, ce qui arrivait trop souvent à Houston. Elle s'installa mieux sur le siège de cuir, et croisa les jambes. Elle avait mis le tailleur rouge, et elle tira sur la jupe courte. Elle ne se sentait pas capable de tout, comme la première fois qu'elle avait porté cette tenue. S'il n'avait tenu qu'à elle, Emma aurait mis des vêtements plus confortables, mais elle avait décidé de suivre scrupuleusement le plan. Ainsi, si tout s'effondrait, elle n'en serait pas la première responsable.

Eddie ralentit, et Emma se tourna de nouveau vers la vitre. Ils n'étaient pas dans la rue de Michael, mais ils longeaient une barrière de sécurité. Et soudain, elle vit les avions sur le tarmac. Un petit aéroport...

Elle se pencha en avant, et frappa contre la vitre qui la séparait du chauffeur. Il l'ouvrit.

— Où sommes-nous ? demanda-t-elle.

— A l'aéroport Sugar Land.

— Pourquoi ?

— Pour que vous puissiez rencontrer M. Craig, comme je vous l'ai expliqué.

— Où la rencontre doit-elle avoir lieu ?

— Je ne peux pas vous le dire.

— Vous ne le savez pas ?

— Non. Je sais seulement que je dois vous mettre dans l'avion.

— Je vois. Merci.

Que devait-elle faire ? Elle n'avait pas à monter dans cet avion. Il suffisait qu'elle refuse d'y grimper. Mais alors, que lui resterait-il ? Des questions sans réponses, voilà tout. Oui, il fallait qu'elle surmonte sa frousse. Margaret lui avait bien précisé qu'en aucun cas elle ne devait se laisser arrêter par la peur.

La limousine finit par ralentir devant un jet. Un instant plus tard, Eddie ouvrait la portière. Il tendit la main à Emma, et l'aida à descendre de voiture.

— Bonne chance, mademoiselle Emma.

— Merci, Eddie.

Il sourit, et l'escorta jusqu'à l'escalier métallique. Et en approchant du jet, elle se sentit comme Alice sur le point de tomber dans le terrier du lapin.

Michael allait et venait comme un lion en cage. Quand diable allait-elle arriver ? Il était presque 10 h 30, et s'il devait attendre plus longtemps, il allait devenir fou.

Il avait été à peu près calme jusqu'à ce qu'Eddie téléphone pour lui annoncer qu'elle était dans l'avion. Depuis, il ne tenait pas en place. Il ne pouvait plus penser. Tous les laïus auxquels il avait pensé pour traiter cette affaire froidement avaient volé en éclats. En fait, il devait reconnaître qu'il avait une peur bleue.

Il savait seulement qu'elle allait changer d'avis. Peu importe qu'ils se retrouvent dans la même suite que le soir où ils avaient fait l'amour. Ou qu'il ait fait préparer la chambre. Son petit discours, soigneusement et si péniblement mis au point, lui semblait maintenant ridicule.

Serait-elle vraiment intéressée par l'argent? par un bel appartement? Non. Certainement pas. Pas Emma. Dans ce cas, que faisait-il ici? C'était une erreur. Une erreur monumentale. Elle penserait qu'il était un imbécile, ou pire.

A la pensée de la perdre, il frissonna. Bon Dieu! ce plan avait paru parfait sur le papier. Il avait prévu chaque éventualité. Sauf une. La principale. A savoir qu'Emma voulait tout.

Elle retournait sur les lieux du crime. La Nouvelle-Orléans. Elle avait fini par obtenir cette information du pilote. Ce qu'elle n'avait pas demandé, c'était à quoi pensait Michael en la faisant revenir ici. Le pilote n'en savait certainement rien. Et elle ne l'apprendrait que lorsqu'elle serait face à face avec l'homme en question.

Ce n'était pas juste. Mais bien sûr, il ne fallait pas s'en étonner. Michael savait ce qu'elle éprouvait pour cette ville. En fait, Emma craignait que ses souvenirs ne soient ternis. Après cette soirée, qui finirait inévitablement mal, elle risquait fort de penser à La Nouvelle-Orléans comme à la ville où elle avait tout perdu.

Ne comprenait-il pas que quoi qu'il fasse, elle ne changerait pas d'avis? Qu'elle ne pourrait simplement pas supporter d'être sa maîtresse?

Elle y avait beaucoup réfléchi. Elle s'était imaginée dans un appartement fabuleux, au décor raffiné — art déco, bien entendu. Elle avait vu la somptueuse garderobe, sa mère et sa sœur en sécurité, et elle-même libérée de ce fardeau. Elle avait surtout imaginé Michael venant dans cet appartement. Utilisant sa propre clé. Venant dans son lit. Et c'était là que ça devenait délicat. Elle n'était pas le genre de femme qui pouvait accepter d'être entretenue.

— Votre ceinture est bien attachée, mademoiselle Roberts ? Nous commençons notre descente.

Elle boucla la ceinture. Le jet était somptueux, mais petit, et cela la rendait nerveuse. En jetant un coup d'œil autour d'elle, Emma se rendit compte qu'elle avait à peine regardé l'intérieur du jet. Perdue dans ses pensées, elle n'avait pas vraiment vu le luxe qui l'entourait. Et d'abord les sièges de cuir brun, si confortables qu'on pouvait y dormir. Tout était d'une élégance sobre, qui ressemblait à Michael.

Par le hublot, elle vit les lumières de La Nouvelle-Orléans. Et comme l'avion descendait, elle se dit soudain qu'elle ne mettrait pas les pieds dans cette ville. Elle resterait dans ce jet, et demanderait au pilote de la ramener à Houston. Oui, voilà ce qu'elle allait faire.

Mais un moment plus tard, elle descendait de l'avion.

Michael ne l'attendait pas à l'aéroport, ce qui la surprit. Il avait envoyé une limousine, dont le chauffeur était une femme jeune et jolie. Emma supposa qu'elle gagnait ainsi de quoi financer ses études.

La jeune femme s'assura qu'Emma était bien installée. Puis, elle ouvrit la bouteille de champagne, remplit une coupe, alluma la télévision, régla l'air conditionné, avant de descendre de la limousine et de fermer la portière. Et Emma songea que si les circonstances avaient été différentes, elle aurait pu se croire dans un carrosse de Cendrillon des temps modernes, plutôt que dans une voiture utilisée pour les funérailles.

Michael se servit une coupe de champagne, et décida de ne pas la boire. Et prenant le téléphone, il demanda qu'on lui apporte une bouteille de scotch. Il avait besoin d'apaiser cette espèce d'anxiété qui le rendait nerveux, et le champagne ne ferait pas l'affaire.

Il continua à marcher de long en large dans la suite, avec l'envie d'enlever ce smoking et de mettre un jean et un T-shirt. Il tira sur sa cravate, mais le nœud ne se desserra pas. Bon Dieu! quel idiot il faisait. Peut-être valait-il mieux qu'il quitte l'hôtel. Il laisserait un mot à Emma. Il lui dirait qu'il lui offrait ceci pour s'excuser, pour qu'elle sache combien il était désolé. Elle le croirait. Pourquoi pas? Il était réellement désolé, surtout d'avoir imaginé ce plan stupide.

Quelle alternative avait-il? L'épouser? Passer le reste de sa vie avec Emma à ses côtés? Est-ce que ce serait vraiment insupportable?

Non. Ce serait très supportable, au contraire. Et même...

A quoi pensait-il? Ne s'était-il pas juré de ne pas céder, et de garder son statut de célibataire quoi qu'il arrive? Même s'il se sentait misérable sans elle?

Il rit tout fort. Pour la première fois, il trouvait cela risible, ridicule. Il s'assit. Bon sang! il avait vraiment besoin de ce scotch.

Debout devant l'hôtel, Emma leva les yeux. Il l'attendait dans leur suite. Elle pouvait encore faire demi-tour. Trouver un distributeur de billets, et tirer assez d'argent pour payer un billet d'avion pour Houston. C'était même la seule solution. Si elle montait dans la suite, elle risquait de changer d'avis. Elle connaissait ses limites.

Bien sûr, ses amies lui avaient répété qu'elle devait faire souffrir Michael. Se montrer coriace, sexy, séductrice. Lui faire voir à quoi il renonçait. Mais elle ne pouvait penser qu'à ce qu'elle perdait elle-même. Une vie sans Michael, c'était payer cher pour ses convictions morales. Elle rit tout fort. Des convictions morales... Ce qui l'empêchait d'accepter la proposition de Michael n'avait rien d'aussi noble. C'était son propre désir qui la motivait, elle le savait. Elle voulait tout ou rien. Pas de demi-mesure. Elle se donnerait entièrement, elle l'aimerait de tout son être, ou elle ne l'aimerait pas du tout.

Elle se retourna, prête à héler un taxi. Puis, elle se souvint de ses amies. Margaret, Christie et Jane. Les Trois Mousquetaires. Elle leur avait promis d'aller jusqu'au bout. Pouvait-elle les laisser tomber maintenant ?

Michael sursauta quand on frappa à la porte. Il sortit son portefeuille, prêt à donner un bon pourboire au chasseur qui lui apportait enfin le scotch dont il avait désespérément besoin.

Il ouvrit la porte, et s'immobilisa aussitôt. C'était Emma.

A l'instant où il la vit, tous ses doutes disparurent. C'était la plus belle femme qu'il ait jamais vue. Et elle avait capturé son cœur sans qu'il s'en aperçoive. Il voulait la rendre heureuse. Lui offrir le monde sur un plateau d'argent. Se réveiller auprès d'elle tous les matins, et s'endormir avec elle tous les soirs.

Emma regarda le visage de Michael, puis le billet qu'il lui tendait. Il semblait si surpris qu'elle se demanda s'il n'attendait pas quelqu'un d'autre.

— Pourquoi cet argent ? demanda-t-elle.

Il haussa les sourcils et, suivant le regard d'Emma, il baissa les yeux sur sa main.

— J'ai cru que vous étiez une bouteille de scotch.

— Ah.

Comme il ne bougeait pas, elle ajouta :

— Vous auriez voulu que je vous apporte une bouteille ?

— Une bouteille ?

— De scotch ?

Secouant légèrement la tête, il fourra le billet dans sa poche.

— Non, non. Entrez.

Il recula pour la laisser passer.

Elle franchit le seuil, et haussa les sourcils à son tour. Stupéfaite. La pièce était remplie de fleurs. Des vases et des vases de roses, de lis, de chrysanthèmes, de marguerites... Des fleurs de toutes les couleurs de l'arc-en-ciel. Et leur parfum embaumait l'air. Sur la table, les flammes des bougies dansaient, le champagne attendait dans un seau en cristal. Il y avait une musique douce. C'était une pièce de conte de fées, un endroit d'une surprenante beauté.

Emma regarda Michael, et elle sut à son sourire qu'elle avait réagi comme il l'espérait. Elle se souvenait de la dernière fois qu'il l'avait regardée de cette manière. C'était ici, dans cette ville, dans une autre pièce surprenante.

— Grace m'a dit que vous aimiez les fleurs.

Elle rit.

— C'est magnifique, Michael. Merci. Mais...

— Non. Attendez. J'ai quelque chose à vous dire, mais laissez-moi d'abord vous offrir du champagne.

Elle hocha la tête, pas particulièrement pressée d'en arriver au moment difficile. Même si c'était temporaire, elle voulait se sentir bien encore un peu.

Il remplit deux coupes de champagne, et lui en tendit une. En la prenant, ses doigts effleurèrent ceux de Michael. Et elle sentit cette étincelle qui jaillissait toujours entre eux dès qu'ils se touchaient. Et ce n'était pas de l'électricité statique, comme elle était tentée de le croire. C'était de la magie pure et simple.

Michael le savait, lui aussi. Elle le vit à la manière dont il la regarda, dont il secoua la tête, comme s'il avait du mal à croire ce qu'il voyait, ce que son corps éprouvait.

— Comment faites-vous ça? demanda-t-il.

— Ce n'est pas moi. C'est nous.

— Nous, répéta-t-il, l'air songeur, comme si le mot avait un sens entièrement nouveau.

Et il toucha la coupe d'Emma de la sienne, qu'il porta à ses lèvres. Elle l'imita.

— Vous êtes très belle, Emma.

Elle baissa les yeux. Malgré sa transformation, son nouveau look, elle avait toujours du mal à accepter ses compliments.

— Merci.

Et elle le contempla, se rappelant le smoking qu'il portait la première fois qu'elle l'avait vu.

— Vous aussi, vous êtes très beau.

Il sourit.

— Difficile de ne pas penser à cette première soirée, n'est-ce pas ?

Emma hocha la tête, heureuse qu'il partage ce souvenir avec elle.

— Je croyais que vous aviez été engagé pour m'accompagner, vous vous souvenez ?

— Oui. Et moi, je croyais que vous n'étiez pas mon type de femme.

— C'est vrai ? Vous ne me l'avez jamais dit.

— J'ai très vite compris que je me trompais.

Il commença à s'approcher d'elle, et s'arrêta. Puis, il recula, afin qu'ils soient assez loin l'un de l'autre pour ne pas se toucher.

Quand il posa sa coupe sur la table, Emma sentit son cœur se serrer. Ce bref répit était terminé. Le moment des adieux arrivait. Alors qu'elle était si heureuse...

— Emma, commença-t-il, je... nous...

Il secoua la tête, et recula d'un autre pas.

— Je ne sais pas comment vous faites, reprit-il, mais quand je suis trop près de vous, je ne peux pas penser.

— Je connais ça.

Michael respira profondément.

Emma ne pouvait plus supporter cette situation. Son cœur allait exploser.

— Ecoutez, dit-elle, ça ne va pas. Toutes les fleurs du

monde n'y changeront rien. Je ne peux pas être votre maîtresse, Michael. Je ne veux pas.

— Je sais.

Elle se détourna, incapable de le regarder dans les yeux.

— Pourquoi m'avoir fait venir ici ?

En l'entendant rire, elle lui fit face et le fixa.

— Je ne comprends pas comment vous pouvez en rire.

Il redevint sérieux, mais il y avait encore du rire dans ses yeux.

— Excusez-moi. C'est que tout a changé.

Elle s'approcha un peu de lui, essayant de comprendre ce qui se passait.

— De quoi parlez-vous, Michael ?

— Il est arrivé... quelque chose.

— Quoi ?

— Je vous ai fait venir pour vous convaincre de changer d'avis. J'avais tout préparé dans les moindres détails. J'ai même choisi votre appartement. Dans mon immeuble. A l'étage du dessous.

— Mais... ?

— Mais maintenant, je n'en veux plus.

Le cœur d'Emma chavira. C'était pire que ce qu'elle avait prévu. Du moins, ce qu'il disait. Car il paraissait terriblement heureux. Ça lui plaisait visiblement beaucoup de dire à Emma qu'il ne voulait plus d'elle.

— Vous ne voulez pas savoir pourquoi ?

Elle hocha la tête lentement, pas vraiment certaine de le vouloir.

— Parce que je vous aime, et parce que je voudrais que vous deveniez ma femme.

Emma se figea, incapable de croire ce qu'elle venait d'entendre.

— Vous m'avez entendu ?

— Je ne crois pas. Vous voulez bien me le répéter ?

— Je vous aime. Je veux vous épouser.

180

Elle essaya de parler en vain.

— Emma? Ça va?

Elle fit oui de la tête.

— Vous vouliez dire quelque chose?

Non, elle ne pouvait pas parler. Mais seulement pleurer. De grosses larmes roulèrent sur ses joues.

Il fit un pas vers elle.

— Ces larmes... Ça veut dire : oui, Michael, je serais très heureuse de vous épouser?

Elle hocha la tête, elle voulait bouger, parler, se jeter dans ses bras. Mais elle ne put faire un pas.

— Vous m'avez fait peur, avoua-t-il.

Alors, elle sourit.

— Je peux vous poser une question? fit-elle en recrouvrant la voix.

— Oui...

— Qu'est-il arrivé?

— Je me suis réveillé. Je ne vois pas d'autre façon de l'expliquer. Je savais que vous laisser partir serait de la folie. Mais il y avait plus que ça. Je ne veux pas seulement que vous soyez là. Je vous veux toute à moi. Je veux vieillir avec vous. Je veux que nous ayons des enfants. Que nous partagions la salle de bains. Que nous...

— Vous en êtes sûr? Vous n'allez pas vous réveiller demain matin, et tout regretter?

— Emma, vous me rendez... Ah! comment trouver les mots...

— Je vous rends quoi, Michael? murmura-t-elle, osant à peine respirer.

— Entier. Voilà. Avec vous, je suis moi-même.

Elle ferma les yeux, et s'abandonna à un sentiment de pure félicité. Il l'aimait, comme elle l'aimait elle-même. Puis, elle ouvrit les yeux.

— Une dernière question?

Il sourit.

— Pourquoi êtes-vous aussi loin de moi?

— Je ne voulais pas que vous pensiez que j'essayais seulement de vous entraîner jusqu'au lit.

Emma rit en essuyant ses larmes.

— Je vous crois.

Et soudain, il fut tout près, et elle se retrouva dans ses bras.

— Vous avez tout changé, vous savez, Emma. Vous avez transformé un impitoyable vaurien parfaitement respectable en gentil minou.

— Je n'irais pas aussi loin.

Le sourire de Michael disparut, remplacé par une expression qui disait tout à Emma. Son amour pour elle, son désir, sa certitude.

— Jusqu'où iriez-vous?

— Au bout du monde, répondit-elle.

Alors, il l'embrassa.

Et Emma fut de nouveau Cendrillon. La Cendrillon du bal. Mais pour toujours, cette fois.

Le nouveau visage
de la collection Or

◆

AMOURS D'AUJOURD'HUI

Afin de mieux exprimer sa modernité et de vous séduire encore davantage, votre collection Or a changé de couverture et de nom depuis le 1er mars 1995.

Rassurez-vous, les romans, eux, ne changent pas, et vous pourrez retrouver dans la collection **Amours d'Aujourd'hui** tous vos auteurs préférés.

Comme chaque mois, en effet, vous y attendent des héros d'aujourd'hui, aux prises avec des passions fortes et des situations difficiles...

COLLECTION
AMOURS D'AUJOURD'HUI :
Quand l'amour guérit des blessures de la vie...

Chère lectrice,

Vous nous êtes fidèle depuis longtemps?
Vous venez de faire notre connaissance?

C'est pour votre plaisir que nous avons
imaginé un rendez-vous chaque mois
avec vos auteurs préférés, vos
AUTEURS VEDETTE dans les
collections Azur et Horizon.

Les **AUTEURS VEDETTE** vous
donneront rendez-vous pour de
nouveaux livres vedette.

Pour les reconnaître, cherchez
l'étoile... Elle vous guidera!

Éditions Harlequin

HARLEQUIN

LE FORUM DES LECTEURS ET LECTRICES

CHERS(ES) LECTEURS ET LECTRICES,

VOUS NOUS ETES FIDÈLES DEPUIS LONGTEMPS?

VOUS VENEZ DE FAIRE NOTRE CONNAISSANCE?

SI VOUS AVEZ DES COMMENTAIRES, DES CRITIQUES À FORMULER, DES SUGGESTIONS À OFFRIR, N'HÉSITEZ PAS... ÉCRIVEZ-NOUS À:
LES ENTERPRISES HARLEQUIN LTÉE.
498 RUE ODILE
FABREVILLE, LAVAL, QUÉBEC.
H7R 5X1

C'EST AVEC VOS PRÉCIEUX COMMENTAIRES QUE NOUS ALLONS POUVOIR MIEUX VOUS SERVIR.

DE PLUS, SI VOUS DÉSIREZ RECEVOIR UNE OU PLUSIEURS DE VOS SÉRIES HARLEQUIN PRÉFÉRÉE(S) À VOTRE DOMICILE, NE TARDEZ PAS À CONTACTER LE SERVICE D'ABONNEMENT; EN APPELANT AU (514) 875-4444 (RÉGION DE MONTRÉAL) OU 1-800-667-4444 (EXTÉRIEUR DE MONTRÉAL) OU TÉLÉCOPIEUR (514) 523-4444 OU COURRIER ELECTRONIQUE: AQCOURRIER@ABONNEMENT.QC.CA OU EN ÉCRIVANT À:
ABONNEMENT QUÉBEC
525 RUE LOUIS-PASTEUR
BOUCHERVILLE, QUÉBEC
J4B 8E7

MERCI, À L'AVANCE, DE VOTRE COOPÉRATION.

BONNE LECTURE.

HARLEQUIN.

VOTRE PASSEPORT POUR LE MONDE DE L'AMOUR.

COLLECTION
HORIZON

Des histoires d'amour romantiques qui
vous mènent au bout du monde!

Découvrez la passion et les vives
émotions qu'apportent à la Collection
Horizon des auteurs de renommée
internationale!

Captivantes, voire irrésistibles, ces
histoires d'amour vous iront
assurément droit au coeur.

Surveillez nos quatre nouveaux titres
chaque mois!

La COLLECTION AZUR

Offre une lecture rapide et

- ☑ stimulante
- ☑ poignante
- ☑ exotique
- ☑ contemporaine
- ☑ romantique
- ☑ passionnée
- ☑ sensationnelle!

COLLECTION AZUR ... des histoires d'amour traditionnelles qui vous mènent au bout du monde! Six nouveaux titres chaque mois.

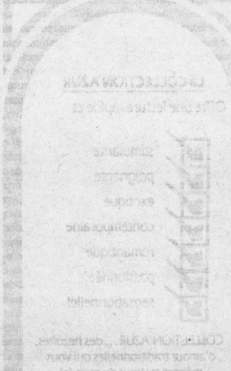

Composé sur le serveur d'EURONUMÉRIQUE, À MONTROUGE
PAR LES ÉDITIONS HARLEQUIN
Achevé d'imprimer en février 1999
sur les presses de l'Imprimerie Bussière
à Saint-Amand-Montrond (Cher)
Dépôt légal : mars 1999
N° d'imprimeur : 107 — N° d'éditeur : 7538

Imprimé en France